KB270436

서문문고
304

마리아 슈트아르트

프리드리히 실러 지음

손 은 주 옮김

Maria Stuart. Ein Trauerspiel

von

Friedrich Schiller

차 례

등장인물

엘리자벳 잉글랜드 여왕

마리아 슈트아르트 스코틀랜드 여왕. 잉글랜드에서 포로가 됨.

로벗 더들리 레스터의 백작

조지 탈봇 슈르스베리의 백작

빌헬름 세실 벌리의 남작. 재무장관

켄트의 백작

빌헬름 대비슨 사무관

아미아스 폴렛 기사, 마리아의 감호인

모티머 폴렛의 조카

오베스핀 백작 프랑스의 사절

벨리버 백작 프랑스의 특사

오켈리 모티머의 친구

드러전 드러리 마리아의 감호인

멜빌 마리아의 집사장

버고엔 마리아의 의사

한나 케네디 마리아의 유모

마가레타 컬 마리아의 시녀

백작령의 집정관

수비대 장교

경비원들

프랑스인들, 잉글랜드인들

경호원들

잉글랜드 여왕의 시종들

스코틀랜드 여왕의 남녀 시종들

제 1 막

포더링헤이 성[1] 실내

---

1) 요크 가문의 유서깊은 성으로 런던에서 북쪽으로 100Km 정도 떨어진
   곳에 있다. 튜더 가의 왕들은 이를 대대로 대역죄인을 수용하는 감옥으
   로 사용하였다. 마리아는 1586년 9월 15일부터 처형될 때까지 이곳에
   수감되었다. 작품 제5막에서 마리아가 이곳에서 스코틀랜드 국경을 바라
   보는 것은 실제로는 불가능한 위치이다.

제 1 장

스코틀랜드 여왕의 유모 한나 케네디가 폴렛과 격렬히 다투고 있다. 폴렛은 장농 하나를 막 열려던 참이고, 그의 시종 드러전 드러리가 장도리를 쥐고 있다.

케네디 뭐 하시는 게요, 경? 또 무슨 난폭한 짓이오! 장농에서 물러서시오!

폴 렛 이 보석은 어디서 난 거지? 이게 위층에서 떨어졌어. 정원사를 매수하려고 했던 게지, 이 보석으로 말이야 — 망할 놈의 여자들의 간계라니! 내 그렇게 철저히 감시하고 수색했는데도 아직도 귀중품이 남아 있어, 아직도 비장의 보물이! (장농을 마구 들쑤시면서) 이게 숨겨져 있던 곳에 뭐가 또 있겠지!

케네디 물러 나시오, 불한당 같으니! 여긴 레이디2)의 내밀한 것들이 들어 있는 곳이오.

폴 렛 그것이 바로 내가 찾고 있는 것이지. (서류들을 꺼낸다)

케네디 하찮은 종이들이오. 단순한 붓놀림일 뿐이오, 감옥에서의 시름을 줄여 보려는.

폴 렛 하는 일 없이 빈들대다 보면 못된 꾀가 발동하지.

케네디 그건 프랑스어로 쓴 것이오.

폴 렛 그러니까 더더욱 나쁘지! 잉글랜드의 적들이 쓰는 언어니까.

---

2) Lady는 왕녀나 귀부인의 호칭.

케네디 잉글랜드 여왕께 쓴 편지의 초안이오.

폴 렛 내가 전달하겠소 — 잠깐! 이 반짝거리는 것은 뭐지? (비밀칸을 열고 감춰진 서랍에서 보석을 꺼낸다) 왕관 머리띠로구면, 보석이 가득한…… 프랑스의 백합3) 문장이 새겨져 있구면! (수행원에게 건네 주며) 보관하게, 드러리. 다른 것들과 함께 놓아 두게! (드러리가 퇴장한다)

케네디 오, 이런 만행을 당해야 하다니!

폴 렛 가진 게 있는 한, 해를 끼칠 수 있는 여자니까. 그녀의 손에서는 모든 게 무기가 되지.

케네디 몰인정하게 굴지 마시구려, 경. 마지막 남은 보석인데 지니고 살게 해 주시오! 비탄에 빠진 그분께서 옛날의 영화를 바라보는 즐거움이라도 누리시게. 다른 것들은 모두 당신네가 뺏어 갔지 않소!

폴 렛 모두 잘 보관하고 있소. 때가 되면 돌려 받게 될 것이오!

케네디 이 벗겨진 벽을 보면 누가 여기에 여왕이 산다고 보겠소? 의자의 천정덮개4)는 또 어디에다 치워 버린 게요? 발에 흙 한번 묻힌 적 없었던 분을 꼭 이 거친 바닥에 앉으시게 할 필요는 없지 않나요? 험상맞은 양은그릇에 음식을 담아 주다니, 어느 귀부인인들 툇

---

3) 청색 바탕에 세 송이의 황금빛 백합 무늬가 1179년부터 프랑스 왕의 문장이 되었다. 원래는 예리한 창끝 모양이었던 것으로 추측되고 있다.

4) 마리아의 의자 지붕덮개는 1586년 11월 제거되었다. 마리아는 그 자리에 십자가를 걺으로써 자신이 가톨릭의 순교자임을 시사하였고, 이로써 청교도인 폴렛을 자극하게 됐다.

자를 놓지 않겠소?

폴 렛 그녀가 스텔린에서 남편에게 했던 대로지,5) 자기
　　　정부하고는 금잔으로 마시면서.

케네디 거울조각 하나도 없다니!

폴 렛 허황된 자기 모습을 지켜 보는 동안은 행여나 하고
　　　끊임없이 일을 벌일 여인이니까.

케네디 마음을 달랠만한 책 한 권도 없어요.

폴 렛 마음을 고쳐 잡수라고 성경을 남겨 줬소.

케네디 그분에게서 거문고조차 빼앗아가 버렸죠.

폴 렛 그것으로 음란한 노래를 연주하니까 그렇지.

케네디 이것이 금지옥엽, 여왕의 몸으로 태어나신 그분의
　　　운명인가요?6) 메디치 가문 여제의 궁정7)에서 없는
　　　것 없이 온갖 즐거움을 누리면서 자란 분이신데. 그분
　　　에게서 권력을 앗아 갔으면 됐지, 하찮은 장식품조차
　　　도 허락할 수 없다는 건가요? 엄청난 불행을 겪으시

---

5) 부카난 Buchanan의 《역사서》 제18권에 의하면, 마리아의 남편 다안
　리는 왕세자의 세례가 있은 후 자기 부친이 있는 글래스고로 돌아가려고
　마음먹었다. "여왕은 늘상 그랬던 것처럼 여기에 대해서도 패악을 부렸
　다. 결혼 후 다안리가 늘 사용하였던 은식기들을 치우고 양은그릇을 내
　놓았다 "

6) 마리아는 1542년 12월 8일에 태어났고, 같은 해 12월 12일 그녀의 부
　친이 사망하였다. 따라서 출생 5일 만에 그녀는 여왕이 된 것이다.

7) 이무렵 프랑스의 실제적 통치자는 이탈리아 메디치 가문의 왕녀이자 앙
　리 2세의 미망인인 캐더린 메디치(1519—89)였다. 그녀의 나약한 아들
　들 — 프랑수아 2세 (마리아의 남편), 샤를 9세, 앙리 3세 —의 재위기
　간(1559~89)은 사실상 그녀의 시대로서 프랑스 궁정은 호사의 극에
　달해 있었고 퇴폐적인 르네상스의 물이 배어 있었다. 마리아는 1548~
　61년 프랑스 궁정에서 살았다.

면서 품성 고귀하신 그분께서도 마침내 자신의 처지를 알게 되셨습니다. 하지만 슬픈 일입니다, 삶의 자그마한 장식품 하나도 없이 살아야 한다니.

폴 렛 그것들은 정작 반성하며 참회해야 할 때 마음을 허황되게 만들 뿐이오. 방탕하고 패덕한 삶은 곤궁과 굴욕 속에서만 속죄할 수 있는 것이오.

케네디 젊고 여린 마음에 그분이 실족을 하셨다면 그것은 그분과 하나님과의 문제이고 그분 마음의 문제예요. 잉글랜드에서 그분의 판관이 될 수 있는 자는 없어요.

폴 렛 그녀는 죄진 곳에서 심판을 받고 있는 것이오.

케네디 그분이 죄를 지어요, 이렇게 꽉 묶인 몸으로?

폴 렛 하지만 그렇게 묶인 채로도 세상에 손을 뻗어 내란의 횃불을 이 나라에 던질 수 있었던 여자였소. 그것도 우리 여왕을 해치기 위해 모반자들을 무장시켰소. 하나님이 여왕을 지켜 주셨지만! 바로 이 성 안에서 악당 패리[8]와 바빙턴[9]에게 여왕을 시해하라고 천벌 받을 짓을 사주한 것도 그녀가 아니었던가? 이 창살

---

8) William Parry: 법률가, 한동안 잉글랜드의 밀사였던 그는 프랑스에서 마리아의 사신 모간과 더불어 엘리자벳을 암살할 계획을 세웠다. 1584년 영국에 돌아와서 의회 의원까지 되었다. 1585년 동료의 배신으로 체포되었다.

9) Anthony Babington은 소장 가톨릭의 지도자로 엘리자벳을 제거하고 마리아를 잉글랜드 여왕으로 추대하기로 결심한다. 잉글랜드 정보원들은 처음부터 마리마와 바빙턴 사이의 문통을 입수하였고, 결국 바빙톤과 그의 동료들을 1586년 8월 체포하여 처형하였다. 마리아는 여기에 대해 자신의 연루를 부인하였지만 이 모반은 마리아에게 불리한 조처로 이어졌다.

이 막을 수 있었나, 그녀가 그 고귀하신 노포크 공[10]을 꼬여 내는 일을? 그녀 때문에 이 나라 최고의 인재가 행리의 도끼에 희생되었소. 그런데 이 비참한 사례가 저 미쳐 날뛰는 자들을 주춤하게 했던가? 그녀 때문에 그자들은 앞다퉈 지옥으로 뛰어 들고 있지 않은가? 피비린내 나는 단두대가 그녀 때문에 매번 새로운 죽음의 제물로 채워지고 있소. 그래, 이 일은 영원히 끝나지 않을 것이오. 바로 그녀가, 가장 죄많은 그 여인이 단두대의 제물이 될 때까지는! ― 오, 이 나라의 바닷가에선 '헬레나'[11]를 영접했던 날이 저주스럽구나.

케네디 잉글랜드에서 그분을 영접했다구요? 그 가련하신 분이 이 땅에 발을 딛으셨을 때는, 쫓기는 몸으로 도움을 청하고자 해서였습니다. 친척[12]의 보호를 찾아 오신 그날로 국제법과 왕권에도 아랑곳없이 갇힌 몸이 되어서, 아름다운 청춘을 허송세월로 보내야만 했습니다. 감옥의 온갖 고초를 겪으시고 이제는 마치 천

---

10) 토마스 하워드Thomas Howard가 본명. 노포크의 4대 영주로서 잉글랜드의 유일한 공작. 개신교도였지만 잉글랜드 북쪽에 막대한 영지의 소유주로서 이 지역 가톨릭교도의 지도자였다.

11) 그리스 신화에서 스파르타의 왕 메넬라오스의 아내로서 그리스 최고의 미인. 트로이의 왕자 파리스의 유혹에 넘어가(혹은 납치되어) 그리스를 떠남으로써 트로이 전쟁을 야기한 여인이다. 이 트로이 전쟁은 후일 호머에 의해 ≪일리아드≫와 ≪오디세이≫의 배경이 되면서 헬레나는 '아름다운 여인'의 대명사로 인식되게 되었다.

12) 엘리자벳은 헨리 7세의 손녀이며 마리아는 증손녀가 된다. 따라서 마리아는 엘리자벳의 질녀가 되는 셈이다.

한 범죄자처럼 법정에 세워져 죽음의 치욕을 강요받
고 계십니다, 여왕의 몸으로!

폴 렛 그녀는 살인자의 몸으로 이 나라에 왔소. 자기 백
성에게 쫓겨서, 왕좌에서 내쫓겨서 말이오, 잔학한 범
죄로 스스로 더럽힌 왕좌에서. 그리고 평온한 잉글랜
드에 와서 모반을 일으켰소. 스페인 왕녀 매리의 피비
린내나는 시대를 돌이키려고, 잉글랜드를 가톨릭 국
가로 만들어서 프랑스에 넘기려고 말이오. 잉글랜드
에 대한 권리를 포기하는 에든버러 조약의 서명을 왜
그녀가 거부했겠소? 펜 한 자루로 감옥문이 즉시 열
리는 것을 그녀는 마다한 것이오. 그 허울좋은 지위를
포기하기보다는 감옥에서 천대받는 길을 더 원한 것
이오. 무엇 때문에 그랬겠소? 꿍꿍이속이 있어서겠
지. 악랄한 재주로 모반을 일으키고, 감옥에서 잉글랜
드 섬을 말아 먹겠다는 음흉한 속셈이지.

케네디 우리를 비웃고 있군요, 경. 그렇게 무자비하게 굴
더니, 이제는 가차없는 냉소로군요. 그분이 그런 꿈을
꿨다고요? 여기 산 채로 갇혀서 말이죠? 위로의 말
한 마디, 고향집같이 다정한 말 한 마디 없는 이곳에
서 말이죠? 그분은 사람 구경하신 지도 오래 되셨소.
간수장의 시꺼먼 이마가 고작이었죠. 친척이라는 그
몹쓸 분이 얼마 전에 간수 한 사람을 더 보내는가 했
더니, 아예 빗장을 새로 갈고 그분을 첩첩 가두어 버
렸습니다.

폴 렛 그녀의 계략을 당해 낼 창살이 있을까? 어찌 알겠

소, 이 빗장이 멀쩡할지. 혹은 이 방바닥이, 아니면
이 벽들이 겉보기엔 단단하지만 속이 텅 비어 있는지,
그래서 내가 잠든 사이 배반자를 들일지. 이런 재앙덩
어리 간교한 여자를 지켜야 하다니, 이런 재수없는 일
이 하필 내게 떨어졌담! 나는 공포로 잠을 설치고, 밤
이면 병든 혼령처럼 왔다갔다 하면서 자물쇠와 간수
의 충실성을 검사하고, 두려움이 사실이 될까 봐 떨며
아침을 맞고 있소. 하지만 이젠 됐어! 이젠 됐어! 곧
끝날 것 같은 희망이 보인다. 지옥문에서 파수를 보면
서 저주받은 자들을 지키는 게 더 낫겠지, 간교한 왕
녀를 지키는 것보다.

케네디   그분이 오십니다!

폴 렛   손에는 십자가요, 가슴 속엔 교만과 탐욕이로군.

제 2 장

베일을 쓴 마리아가 등장한다. 손에 십자가를 들고 있다.

케네디 (황급히 다가가며) 오, 폐하! 저자들이 우리를 마구 짓밟는군요. 포악하고 잔인하기 끝이 없어요. 제왕의 머리 위에 날이면 날마다 슬픔과 치욕이 쌓이는군요.

마리아 진정해요! 또 무슨 일이 있었소?

케네디 여길 보세요! 폐하의 책장을 멋대로 열어 부셨답니다. 폐하의 서류가, 우리가 천신만고 끝에 건진 유일한 보물이, 프랑스에서 가져온 마지막 남은 결혼예물이 이제 저자의 손에 있어요. 폐하께는 이제 제왕에 걸맞는 것이라고는 하나도 없어요, 모조리 털렸으니까요.

마리아 진정해요, 한나. 번쩍거리는 것이 여왕을 만드는 것은 아니야. 저들이 우리를 천대할 순 있지만 천하게 만들진 못해. 난 잉글랜드에서 적응하는 법을 배웠어. 이 일도 참을 수 있어. 폴렛 경, 경이 강탈한 것은 내가 바로 오늘 그대에게 넘겨 주려 했던 것이오. 그 서류 속에 편지 한 장이 있소, 잉글랜드 왕실의 자매님께 가는 것이오. 약속해 줘요, 그것을 충실히 그녀에게 전해 주겠노라고. 협잡꾼 벌리의 손에 넘기지 않겠노라고.

폴 렛 고려하겠소.

마리아 내용을 알아 두시는 게 좋겠소, 경. 그 편지에서
　　　나는 간청했소, 그녀와 직접 대담할 수 있는 각별한
　　　호의를 베풀어 달라고. 한 번도 본 적 없는 그녀에
　　　게.13) 나는 남자들의 법정에 소환되었소. 나와 대등
　　　한 부류로 볼 수 없는 자들이죠. 그들에게는 마음이
　　　내키지 않소. 엘리자벳은 나의 혈친이고, 나와 같은
　　　여성이고, 나와 같은 계급이오. 오로지 그녀에게만,
　　　그 자매에게만, 그 여왕에게만, 그 여인에게만 내 마
　　　음을 열 수 있소.

폴 렛 부인, 당신은 당신의 운명, 당신의 명예를 남자들
　　　에게 곧잘 맡겨 왔소. 존경을 받을 가치가 별로 없는
　　　남자들에게 말이오.

마리아 또 한 가지 청이 있소. 사람이라면 이 청을 거절하
　　　지 못할 게요. 벌써 오래 전부터 난 이 감옥에서 교회
　　　의 위안도, 성례의식도 없이 지내 왔소. 내게서 왕관과
　　　자유를 빼앗고 이제 생명까지 위협하는 그녀이지만 내
　　　앞에서 천국문을 걸어 잠그려 하진 않을 게요.

폴 렛 원하신다면 이 교구의 사제가…….

마리아 (강경하게 가로막으며) 그 사제에겐 일 없소. 내 교
　　　회의 신부를 요청하오. ― 서기와 공승인도 원하오.
　　　내 마지막 유언을 작성할 거니까. 회한과 길고 비통한
　　　감옥생활이 내 목숨을 갉아 먹고 있소. 하루하루를 세

---

13) 실제로 두 여왕의 상면을 위한 계획이 여러번 있었으나 번번히 여러
　　가지 정치적 상황으로 무산되었다. 죽기 직전까지 마리아는 서신을 통해
　　계속해서 엘리자벳과의 면담을 간청하였다.

면서, 난 자신을 죽어 가는 사람으로 여겨 왔소.

폴 렛   잘 하셨소, 당신께 걸맞는 생각이오.

마리아   혹은 또 모르죠, 누군가 순식간에 이 고통의 긴 세월을 줄여 줄지도! 유언을 작성하고자 하오. 가진 것을 정리하겠소.

폴 렛   당신 마음대로 하시오. 잉글랜드 여왕이 당신 물건 빼앗아서 부자가 되려고 하지는 않으니까.

마리아   내 충실한 하녀들, 내 신하들을 내게서 떼어 놓았는데 ― 그들은 어디 있소? 그들은 어찌되는 것이오! 그들의 시중 없이도 난 살 수 있소, 하지만 내 충신들이 고통과 궁핍 없이 사는 걸 봐야 마음을 놓겠소.

폴 렛   하인들은 잘 있소이다. (가려고 한다)

마리아   가시는 건가요, 경? 날 또 이렇게 남겨 두고, 아무것도 모른 채 불안해하는 이 가슴의 고통을 덜어 주지 않고요. 당신 첩자들의 감시 덕분에 난 온세상과 절연되어, 이 감옥 속에서 소식 한 줄 듣지 못하오. 내 운명은 내 적의 손에 있소. 끔찍하고 긴 한 달이 지났소, 사십 인의 위원들이 이 성으로 나를 기습한 날로부터. 그자들은 졸속으로 법정을 세우고 변호사를 부를 틈도 주지 않고, 날 이 전대미문의 법정에 세웠소. 그리고 아연실색한 내게, 자기들이 교활하게 짜맞춘 중죄목에 대해 기억만으로써 대답하게 했소. 그들은 유령처럼 나타났다 유령처럼 사라졌소. 그날 이후 아무도 내게 입을 여는 사람이 없었소. 난 공연히 당신의 표정만 살피고 있소, 내가 무죄인가, 친구들의

열정이 승리하였나, 적들의 사악한 계책이 승리하였
나. 이제 그만 침묵을 깨고 ─ 내게 알려 주시오, 내
가 무엇을 두려워해야 하는지, 어떤 희망을 가져야 할
지.

폴 렛 (잠시 후) 모든 것을 하늘에 맡기시오.

마리아 내가 소망하는 것은 하늘의 은총이오, 경. 그리고
지상의 판관들에게는 공명정대함을.

폴 렛 공정한 재판이 될 것이오. 그 점은 염려마시오.

마리아 판결이 났나요, 경?

폴 렛 모르오.

마리아 내게 유죄판결이 났나요?

폴 렛 모르오, 부인.

마리아 여기 사람들은 일을 빨리 끝내는 것을 좋아합디
다. 판관들처럼 자객들이 나를 기습할까요?

폴 렛 그러려니 하고 생각하고 있으시오. 그래야 판관들
앞에서보다 자객 앞에서 당신이 침착해 보일 테니까
요.

마리아 난 아무것에도 놀라지 않소, 경. 웨스트민스터 홀
의 법정이,14) 벌리의 증오나 해튼15)의 열정으로 어
떤 판징을 내린나 해노. 하지만 난 알아요, 잉글랜드
여왕이 감히 할 수 없는 일을.

───────────────

14) 웨스트민스터 홀은 의회와 최고재판정의 장소로서 1586년 10월 25일
이곳에서 마리아에 대해 사형이 언도되었다.

15) Christopher Hatton(1540─91)은 엘리자벳의 총신으로 1587년부
터 재상을 지냈다. 재판장이던 그가 마리아를 설득하여 법정심리에 응하
게 했다.

폴 렛 잉글랜드의 통치자는 아무것도 두려워할 필요가 없
소, 자신의 양심과 의회를 제외하고는. 정의가 명하는
것을, 두려움 없이 제왕의 권세가 온세상 앞에서 집행
할 것이오.

제 3 장

폴렛의 조카 모티머가 들어온다. 여왕을 거들떠보지도 않고 폴렛에게 온다.

모티머   삼촌을 찾는 사람이 있어요.
(모티머와 똑같은 태도로 폴렛이 나가려 하자, 여왕이 못마땅한 표정으로 뒤따라 나가는 그를 향해 말한다)
마리아   경, 부탁이 하나 더 있소. 그대가 내게 할 말이 있다면 ― 그대에 대해서는 내 어지간히 참겠소. 그대의 나이를 존중하겠소. 하지만 젊은이의 오만은 참을 소 없소. 저자의 무례한 태도를 보지 않게 해 주오.
폴 렛   당신의 비위를 거스르는 바로 그 점을 나는 높이 평가하오. 여자들의 거짓 눈물에 녹아나는 그런 물렁한 멍청이는 아니라는 증거니까. 저 청년은 여행을 많이 했소. 파리와 랭스에서 오는 길이오. 그리고 옛 잉글랜드의 가슴을 그대로 지니고 있소. 레이디 마리아, 저 청년에게 당신 재주는 통하지 않소! (물러난다)

제 4 장

마리아, 케네디.

케네디 당신 면전에서 감히 그런 말을 하다니, 야비한 자
　　　같으니! 오, 이렇게 가혹할 수가!

마리아 (사색에 잠긴다) 영화로웠던 시절에 우린 너무나 기
　　　꺼이 아첨꾼들에게 귀를 빌려 줬어. 착한 한나, 당연
　　　한 일이잖아, 우리가 이제 냉엄한 비난의 목소리를 듣
　　　는 것이.

케네디 뭐라구요? 귀부인께서 어쩌면 이렇게 의기소침하
　　　실 수가! 그처럼 쾌활하시던 분이, 절 위로하시던 분
　　　이 말입니다! 예전엔 제가 당신의 가벼움을 나무랐을
　　　지언정, 우울을 탓하진 않았지요.

마리아 그자를 알겠어. 피에 젖은 다안리16)의 유령이야.
　　　그자가 분노하여 무덤에서 나오고 있는 거야. 그래 그
　　　자는 날 결코 가만두지 않을 거야, 내 불행이 다하게
　　　될 때까지.

케네디 무슨 생각을 —

마리아 한나는 잊었을 거야 — 하지만 난 기억이 생생해.
　　　그 불행한 일이 있었던 날이 오늘 다시 돌아온 거
　　　야.17) 내가 속죄와 금식으로 제를 지내 온 날이 말야.

---

16) 마리아의 두번째 남편으로 1567년 살해되었다.
17) 실제로 마리아가 처형된 날은 2월 8일이고, 다안리는 2월 10일 살해

케네디 이제 그만 그 악령을 떨쳐 버리세요. 여러해 동안
의 참회와 무거운 고통으로써 충분히 속죄를 하셨잖
아요. 해결의 열쇠를 지닌 교회가, 그리고 하늘이 모
든 죄를 용서하셨어요.

마리아 오래전에 용서받은 죄가 피를 흘리며 얇게 덮인
흙무덤에서 올라오고 있어! 복수에 찬 남편의 유령은
제사관의 종소리로도 사제의 미사로도 무덤에 보내지
못할 거야.

케네디 당신이 그를 죽인 것이 아니었어요! 다른 사람이
그랬어요!

마리아 하지만 난 알고 있었거든. 난 그 일을 방조했어.
미소를 지으며 그를 죽음의 덫으로 유혹했어.

케네디 젊음의 잘못을 크게 탓할 수는 없어요. 당신은 그
때 참으로 마음 여릴 나이였죠.18)

마리아 마음이 그처럼 여려서, 내 청춘에 무거운 짐을 지
우게 되었지.

케네디 당신은 피가 뒤집히는 모욕을 당하고 흥분했어요.
그 남자의 오만 때문이죠. 당신이 사랑으로 하나님의
손길을 내려 암흑에서 끌어올려 준 그 남자, 당신이
신방을 기쳐 왕좌까시 데리고 온 그 남자, 당신의 꽃
같이 아름다운 자태와 태어나면서부터 물려받은 왕관
으로 행운을 안겨 준 그 남자 — 그자가 어찌 잊을 수
있었겠어요, 자기의 횡재가 너그럽기 한량없는 사랑

되었다. 따라서 이 표현은 역사적 사실과는 맞지 않는다.
18) 당시 마리아는 24세였다.

의 선물이라는 것을! 하지만 그자는 그걸 잊었어요, 그 천한 인간이! 그자는 천박한 의심으로, 난폭한 행동으로 당신의 애정을 모독하고, 그래서 당신의 눈밖에 나게 됐죠. 당신의 눈을 속였던 요술이 사라졌던 거죠. 당신은 분노하여 그자의 욕된 품을 빠져나와서 그자에게 경멸을 댓가로 돌려 주었죠 ― 자, 그런데 그자가 ― 그자가 당신의 사랑을 회복하기 위해 노력했던가요? 용서를 청했던가요? 참회하면서 무릎 꿇고서 당신 발아래서 개선을 약속했나요? 그 혐오스러운 자가 당신께 내민 것은 도전이었어요 ― 그것도 당신 덕분에 태어난 자가 당신의 왕관을 희롱하다니. 당신의 눈앞에서 당신이 총애하던 그 사랑스러운 가수 리죠를 찔러 죽이게 했어요 ― 당신은 피로 피를 갚았을 뿐이에요.

마리아   그리고 나 또한 피로 복수를 당하고 있는 거야. 한나가 날 위로하려 했다가 날 심판한 셈이 됐어.

케네디   그 일이 벌어졌을 때 당신은 제정신이 아니었어요, 아주 딴 사람이었어요. 눈 먼 사랑의 불길에 미쳐 그 끔찍한 유혹자의 노예가 되어 있었어요. 재수없는 보드웰19) 그자가. 당신을 호방한 사내기질로 정복하고, 그 소름끼치는 자가 마술음료로써, 악마의 재주로써 당신을 호려서 흠뻑 달아오르게 했죠.

---

19) Bothwell의 백작: 본명은 James Hepburn (1536?~1578). 스코틀랜드 귀족으로 反잉글랜드파의 우두머리. 1567년 스코틀랜드에서 도주하여 스칸디나비아로 망명, 죽을 때까지 감옥에 갇혀 있었다.

마리아 그의 재주란 다른 게 아니라, 그의 남성적 힘과
나의 연약함일 뿐이었어.

케네디 아니에요, 결단코! 그자가 모든 지옥의 유령에게
도움을 청했던 게 분명해요. 당신의 밝은 정신에 덫을
쳤어요! 당신은 친구의 경고에는 더이상 귀를 기울이
지 않았고 예의범절 따윈 안중에도 없었죠. 사랑스런
수줍음은 당신을 떠나고 없었어요. 부끄러움에 빨개
졌던 소박한 그 뺨은 욕정의 불길로만 타오르고 있었
어요. 당신은 비밀의 베일을 벗어 던졌고, 그 남자의
후안무치는 당신의 수줍음까지 정복하였죠. 거침없이
당신의 치부를 내보이시다니. 당신은 스코틀랜드의
왕검을 그자에게 쥐어 줘서, 온 백성이 저주하는 그
살인자가 당신 앞에서 개선장군처럼 그것을 차고 에
든버러 거리를 누비고 다니게 하셨어요. 당신은 무장
으로 의회를 포위하고, 그리고 여기 바로 정의의 사원
에서 판관들로 하여금 그 살인자에게 무죄를 선고하
도록 강요하는 파렴치한 희극을 벌이셨죠. 그뿐이 아
니었죠 — 오 하나님!

마리아 그래 마저 말하지! 그리고 그자에게 평생가약의
손을 내밀있시!

케네디 오, 영원한 침묵으로 이 일을 덮을 수 있다면! 끔
직스럽고, 천인공로할 행위였지요, 제정신을 가진 사
람의 행동이 아니었어요 — 하지만 당신은 결코 정신
나간 사람은 아니지요 — 전 당신을 압니다. 바로 어
렸을 때 당신을 돌보았던 사람이니까요. 당신은 마음

이 여리고 부끄러움을 잘 탔어요 — 다만 경솔한 것
이 흠이죠. 거듭 말씀드리지만, 아귀들이 있는 거예
요. 순진무구한 사람의 가슴에 순식간에 자리잡고, 재
빨리 우리 속에서 무서운 짓을 저지르고, 지옥으로 도
망하면서, 자국난 가슴에 공포를 남겨 놓죠. 당신의
삶에 먹칠한 그 일이 있은 후로는, 당신은 더이상 나
쁜 짓을 하지 않았어요. 당신은 개선됐어요, 제가 그
증인입니다. 자, 그러니 기운을 내세요! 마음을 편히
가지세요! 설령 당신이 더 뉘우칠 일이 있다 해도 잉
글랜드에서 당신은 죄인이 아니에요. 엘리자벳도, 잉
글랜드 의회도 당신을 재판할 수는 없어요. 여기에서
당신을 짓누르고 있는 것은 무력입니다. 이 주제넘은
법정에 정정당당히 나서야 합니다.

마리아 누가 오고 있지? (모티머가 문 앞에 나타난다)

케네디 그 사람의 조카예요. 들어오네요.

제 5 장

두 사람 앞에 모티머가 조심스럽게 들어온다.

모티머 (유모에게) 저쪽으로 가서 문을 지켜요, 여왕과 할
    말이 있으니까.

마리아 (근엄하게) 한나, 여기 그대로 있어요.

모티머 두려워 마세요, 레이디 마리아. 이제 제가 누구인
    지 아실 겁니다. (마리아에게 카드를 건넨다)

마리아 (그것을 보고 깜짝 놀라 뒤로 물러난다) 아니, 세상에,
    이게 뭐야!

모티머 (유모에게) 가 있어요, 케네디 부인. 내 삼촌이 들
    이닥치지 않도록!

마리아 (머뭇거리며 의아스러운 표정으로 여왕을 바라보는 유모에
    게) 가 봐요, 어서, 이 사람이 말한 대로 해요. (유모가
    이상해하는 표정으로 물러난다)

제 6 장

모티머, 마리아.

마리아 삼촌에게서 온 것이네! 바로 로렌의 추기경이시
지, 프랑스에서!
(읽는다) "이것을 가지고 가는 모티머 경을 믿어라. 잉
글랜드에서 믿을 사람은 그 사람밖에 없다." (놀라서
모티머를 바라보며) 이럴 수가? 날 속이려는 연막은 아
닐까? 이렇게 가까운 곳에 친구가 있었다니. 온세상
이 날 버렸다고 생각했는데, 그대가, 내 감호인의 조
카가, 앙숙으로 생각했던 그대가 나의 친구였다니!
모티머 (무릎을 꿇으며) 용서하소서, 여왕폐하, 이 가증스
러운 가면을! 제게도 참기 어려운 고통이었습니다.
하지만 고마운 일이죠, 그 덕분에 당신 가까이 있을
수 있어서. 당신을 돕고 구출할 수 있게 돼서요.
마리아 일어나세요. 경은 정말 날 놀라게 하시는군요. 난
저 비참한 수렁 속에서 단번에 희망으로 건너 뛰지를
못해요 ― 말해 보오, 경 ― 내가 알아듣도록, 이 행
운이 어떻게 된 건지 믿을 수 있도록.
모티머 (일어선다) 시간이 촉박합니다. 제 삼촌이 곧 올 겝
니다, 그것도 혐오스런 사내를 하나 데리고요. 그자들
의 끔찍한 임무가 당신을 놀라게 하기 전에, 들어 보
세요, 당신을 구출하기 위한 하늘의 계획을.

마리아 전능의 기적으로 저를 구원하소서.

모티머 제 말씀부터 올리겠습니다.

마리아 어서 말하세요, 경.

모티머 여왕폐하, 스무 살이 되는 이날까지, 전 엄격한 의무 속에 자랐습니다. 가톨릭에 대한 시커먼 증오에 잠겨서죠. 그무렵 제게 걷잡을 수 없이 대륙에 가 보고 싶은 욕망이 일어났어요. 저는 이내 청교도의 어두운 예배당, 그리고 조국을 뒤로 하고 떠났습니다. 어느새 프랑스를 지나, 찬양의 나라 이탈리아를 뜨거운 소망으로 찾아갔죠.

때마침 커다란 교회축제가 있었죠. 순례자들이 거리를 가득 메웠고, 모든 성상은 화환으로 장식되어 있었어요. 마치 온 인류가 하늘나라로, 순례의 행렬을 하는 듯했어요 — 저까지도 이 믿음에 찬 군중의 물결에 사로잡혀, 로마의 세계로 돌진하게 됐지요.

장엄한 기둥과 개선문이 제게 다가왔을 때 제 마음이 어떠했겠습니까, 폐하! 콜로세움의 웅장함이 저를 압도하고, 건축기의 고귀한 징신이 ㄱ 유쾌한 기적의 세계로 저를 껴안았습니다! 일찍이 예술의 힘을 그렇게 느껴 본 적이 없었답니다. 절 기른 교회는 감각의 아름다움을 증오하지요. 어떠한 형상의 모사도 허용하지 않고 오로지 육신 없는 언어만을 숭배할 뿐이죠. 드디어 교회 안에 들어섰을 때 제 마음이 어떠했는지

아시나요? 천상의 음악이 강림하고 벽과 천장에서 형
상이 가득 넘실대는 것이었어요. 웅장하고 숭고한 것
이 현현하여, 황홀한 감각을 뒤흔들었죠. 저는 그때야
그들을 보았습니다, 성자들을, 천사의 인사를, 주님의
탄생을, 성모 마리아를, 삼위일체의 강림을, 그리고
빛나는 그리스도의 변용을. 이어 교황이 광휘 속에서
미사를 집도하고 온백성을 축복하는 것을 보았죠. 오,
지상의 왕들을 치장하고 있는 황금과 보석이 다 무엇
이리오! 오직 '그분'만이 신성에 둘러싸여 있더이다.
진정한 천국은 그분의 집입디다. 이 세상에 어떤 것도
그같은 형태는 없어요.

마리아　오, 제발 그만! 그만 하세요! 생명의 싱싱한 양탄
자를 내 앞에서 펼치지 마세요. 난 비참하게 갇힌 몸
이오.

모티머　저 역시 그랬답니다, 폐하! 그런데 제 감방이 활
짝 열리고, 갑자기 제 영혼이 자유로워지고, 전 삶의
아름다운 날을 맞게 됐습니다. 전 이제 이 편협하고
답답한 책을 증오하기로 맹세했습니다. 싱싱한 화환
으로 제 얼굴을 장식하고, 기뻐하는 무리 가운데서 기
뻐하며 한몸이 되기로 했습니다. 많은 스코틀랜드 귀
족들이 제게 다가왔고 프랑스인들이 유쾌한 친구가
되어 주었죠. 그들은 절 당신의 귀족 삼촌께 인도했습
니다, 바로 귀즈 추기경에게. ― 오, 얼마나 훌륭한
분이신지! 확실하고, 명쾌하고, 남자답기 그지없는
분! 흡사 사람의 마음을 사로잡기 위해 태어난 분 같

앞어요! 왕실사제의 표본이시며 교회의 군주이시더이
다, 정말이지 그런 분은 처음 봤어요!

마리아 그 귀하신 분의 얼굴을 보셨군요. 경애하는 그분,
그분은 어렸을 때 내 스승이셨죠. 오, 그분에 관해 말
해 주세요. 그분이 날 잊지 않고 계시던가요? 그분은
행복하신가요? 여전히 번영을 누리고 계신가요? 여전
히 교회의 반석 위에서 당당한 모습으로 서 계시나요?

모티머 그 훌륭하신 분께서는 몸소 내려와 고귀한 교리를
제게 가르쳐 주시고 제 마음에 의구심을 물리쳐 주셨
습니다. 그분은 제게 가르쳐 주셨습니다, 마음이 불안
정하면 영원히 미망에 빠진다는 것을. 마음이 믿으려
면 눈으로 봐야 하고, 교회에는 눈으로 볼 수 있는 수
장이 필요하며, 진리의 정신이 교부회의에 자리잡고
있다는 것을. 유치한 제 영혼의 그릇된 관념은 그분의
압도적인 오성과 웅변 앞에서 사라지는 것 같았습니
다. 저는 교회의 품으로 돌아왔습니다. 그분의 손에
제 오류를 청산할 것을 맹세했습니다.

마리아 그렇다면 당신은 그분의 말씀 — 하늘의 힘으로
써, 천 사람 중 하나가 되셨군요. 산상수훈의 설교자
가 감동시키고 영원한 천국으로 인도하신 천 사람 중
한 사람.

모티머 직무 때문에 프랑스로 가시게 되자, 그분은 절 랭
스로 보내 주셨죠. 그곳에선 예수회가 경건한 사업을
벌이고 있었어요, 잉글랜드 교회를 위해 사제를 육성
하는 일이었죠. 스코틀랜드 귀족 모건[20]도 거기서 만

났고, 당신의 충실한 친구 레슬리,21) 학식높은 로스
의 주교도 만났습니다. 그들은 프랑스 땅에서 하루하
루 낙없는 유배생활을 살고 있답니다. 전 이 귀한 분
들과 한데 뭉쳐 믿음을 굳혔습니다 — 그러던 어느날
주교의 거처를 둘러보던 중 한 여인의 초상화가 제
눈에 들어왔습니다. 그 경이로운 매력, 그것은 엄청난
감동으로 영혼의 깊은 곳까지 절 사로잡았습니다. 전
감정을 억제하지 못하고 마냥 서 있었습니다. 그때 주
교가 말했습니다 그럴 거라고. 그대가 감동해서 그림
을 떠나지 못하는 것은 당연하오. 살아 있는 여인 중
에서 가장 아름다운 여인,22) 또한 가장 비통스러운

---

20) John Morgan (1543~1606?): 실제로는 스코틀랜드인이 아니라 웨
일즈인으로서 마리아의 열렬한 추종자. 1568년부터 탈봇의 첩자로서 마
리아를 위해 일했다. 리돌피 사건으로 혐의를 받고 1572년 10개월 동
안 런던탑에 감금되어 있기도 했다. 마리아의 지시를 받고 파리로 가서
그녀의 구명운동을 벌였다. 마리아를 위한 거의 모든 모반사건에는 그가
개입되어 있었다. 1584년 잉글랜드에서 그의 인도를 요청하자 프랑스
왕은 그를 바스티유 감옥에 가두는 것으로써 이에 응했다. 그는 그곳에
서도 바빙턴의 모반에 개입하였다.

21) John Lesley (1527~96): 로스의 주교이며 학자. 스코트인으로 가
톨릭 성직자이며 정치가. 마리아의 재위시에 국무위원을 지냈고 이어 그
녀를 따라 잉글랜드로 왔으며, 요크 회담(1568~69)에서는 그녀의 대
변인 역할을 했다. 노포크 사건에 연루되어 오랜 기간 감옥에 갇혀 있다
가 프랑스로 추방되었다.

22) 마리아 슈트아르트가 대단히 매력적인 용모의 소유자였다는 사실은 당
대의 모든 기록이 말해주고 있다. 호리호리하고 훤칠한 키에 아름다운
피부, 길고 가는 손, 갈색 눈에 부드러운 목소리 등등. 작품에서는 모티
머가 마리아의 초상화를 보고 반한 것처럼 나오지만, 사실상 그녀에게
남아 있던 초상화는 어렸을 적의 것이나 감옥에 있던 동안의 것뿐이라고
알려져 있다. 감옥에서 그녀는 몸도 붇고 또한 관절염으로 시달렸다.

여인이기도 하지. 우리의 신앙을 위해 그녀는 인고의 세월을 보내고 있소. 그리고 그녀가 고통을 당하고 있는 곳은 바로 당신의 조국 잉글랜드라오.

마리아 정말 독실한 분이세요. 제가 모든 걸 잃은 것은 아니었군요. 불행 중에도 그런 친구가 제게 남아 있다니!

모티머 이어 그분은 감동적 열변으로 당신의 순교와 피에 굶주린 당신의 적들에 대해 이야기를 시작했어요. 또한 제게 당신의 가계를 설명해 주었지요. 당신이 저 고귀한 튜더가의 혈통이라는 것도요. 오로지 당신에게만 잉글랜드를 통치할 자격이 있으며, 저 가짜여왕에겐 그럴 자격이 없다는 것을 제게 확신시켜 주었지요. 그녀는 간통의 소출이고, 부왕 헨리조차도 사생아로 버린 여자라고.23) 그분의 증언 뿐이었다면 저도 믿으려 하지 않았을 겁니다. 전 모든 법률학자들에게 자문을 구했고 수많은 옛 문장(紋帳)들을 뒤져 봤습니다. 제가 문의해 본 전문가들 모두가 당신 주장의 위력을 확인시켜 주었습니다. 나아가 저는 잉글랜드에 대한 당신의 온당한 권리가 당신의 유일한 잘못임을 알게 되었죠. 당신이 죄없이 갇혀서 쇠진해 가고 있는

---

23) 헨리 8세는 첫부인인 스페인의 왕녀와 이혼하고 앤 볼러윈과 재혼하려 하였으나 가톨릭 교회가 이혼을 인정하지 않았다. 따라서 앤 볼러윈과의 사이에 태어난 엘리자벳은 가톨릭 측으로부터 사생아 취급을 받았다. 앤 볼러윈을 간통죄로 처형하고 세번째 결혼을 하게 됐을 때엔, 헨리 왕 스스로가 엘리자벳을 사생아로 선포하였다. 그러나 후일 그의 유언에서는 엘리자벳에게 다시 왕위계승권을 회복시켜 줬다. 자기가 죽은 후 당시 가톨릭이었던 스코틀랜드의 슈트아르트 가계가 잉글랜드의 왕위계승권을 주장할 수 있는 가능성을 줄이기 위해서였다.

이 나라가 바로 당신의 것임을 알게 되었습니다.

마리아 오, 이 불행한 권리가! 내 모든 고통의 유일한 원천이죠.

모티머 바로 이때 제가 입수한 정보인즉, 탈봇의 성에서 당신이 이송되어 제 삼촌에게 넘겨졌다는 것입니다. 하늘의 경이로운 구원의 손이 그 속에서 보이는 것 같았습니다. 저에겐 실로 운명의 부르심이었죠. 저의 팔을 택해 당신을 구하라고 한 것입니다. 친구들이 기꺼이 동의했어요. 추기경의 조언과 축복이 있었습니다. 그분은 제게 어려운 위장술을 가르쳐 주셨습니다. 저는 급히 계획을 세우고 귀국의 발걸음을 떼게 되었죠. 그리하여 아시다시피 열흘 전 여기에 도착했습니다. (잠시 중단한 다음) 이제 당신을 보게 되었습니다, 폐하 — 당신을 직접요! 당신의 사진이 아니라! — 오, 이 무슨 귀한 보물을 이 성은 간직하고 있는 것인가! 이곳은 감옥이 아니었어요, 신의 거처였지요! 잉글랜드 왕궁보다 찬란했어요. 오, 당신이 숨쉬는 대기를 호흡하는 사람은 정말 행운아입니다!

그녀가 당신을 이렇게 깊숙히 가두어 둘만 했어요! 잉글랜드의 모든 젊은이들이 봉기할 테니까요, 그 어떤 검도 칼집에 마냥 꽂혀 있진 않을 테니까요. 반란이 거대한 머리를 들고 이 평화의 섬을 활보할 테니까요. 이 섬의 국민들이 일단 자기들의 여왕을 보게 되는 날에는 말이죠.

마리아 그렇다면 얼마나 좋겠소, 이 나라 국민들이 모두 당신의 눈으로 여왕을 봐 준다면야!

모티머 그들이 나처럼 당신의 고난을 목도하게 되면, 이 비참한 굴욕을 감내하는 당신의 부드러운 마음과 고귀한 자세를 보게 되는 날엔! 그도 그럴 것이 온갖 시련을 겪고도 당신은 여왕의 모습을 잃지 않고 있으니까요. 감옥의 치욕도 당신의 찬란한 아름다움을 앗아가지 못했소. 삶의 장식품은 하나도 없지만 당신 주변에는 영원한 빛과 생명이 맴돕니다. 이 문턱에 발을 딛을 때마다 제 가슴이 고통으로 찢어지지 않은 적이 없었고, 당신을 바라보는 기쁨에 황홀해지지 않은 적이 없었소! 하지만 끔찍한 결정이 임박했고, 매순간 위험이 커지며 다가오고 있습니다. 전 더이상 지체할 수가 없습니다. 더이상 당신께 이 끔찍한 소식을 감출 수 없습니다.

마리아 내 판결이 났나요? 솔직하게 말해 줘요, 참고 들을 수 있으니까.

모티머 판결이 났습니다. 사십이 명의 판관들이 당신께 유죄를 선고했소. 상하 양원과 런던시민들이 형의 집행을 격렬히 요구하고 있습니다. 여왕반이 여전히 망설이고 있는데, ─ 그건 사람들이 그것을 요구하게끔 하려는 간계죠. 결코 인정이나 동정에서가 아니죠.

마리아 (침착하게) 모티머 경, 난 놀라지도, 무섭지도 않아요. 그런 소식에 대해 이미 오래전부터 마음의 준비를 해 왔으니까요. 난 재판관들을 잘 알아요. 핍박을 당

하면서 잘 알게 됐지요, 그들이 내게 자유를 선사할
리 없다는 것을. 어떻게 하려는지도 알고 있어요. 날
영원히 가둬 두고 나의 복수, 나의 권리를 나와 함께
감옥의 어둠 속에 넣고 빗장지르려 하겠죠.

모티머 아닙니다, 폐하! 오, 아닙니다, 아니오! 거기에 그
치는 것이 아니에요! 폭정이란 반타작에 만족하는 법
이 없습니다. 당신이 살아 계신 한 잉글랜드 여왕의
공포도 살아 있게 되죠. 당신을 깊이 매장할 수 있는
감옥은 없어요. 당신의 죽음만이 그녀의 왕위를 보장
해 주죠.

마리아 그녀가 감히 여왕인 나의 머리를 단두대에 올리는
수치스런 짓을 할 수 있겠소?

모티머 그렇게 할 겁니다. 의심의 여지가 없지요.

마리아 자신의 존엄과 모든 왕들의 존엄을 내동댕이치면
서까지요? 그렇다면 프랑스의 복수도 두려워하지 않
는단 말이오?

모티머 프랑스와는 영원한 평화조약을 맺을 겁니다. 그녀
는 앙주 공작24)과 혼인하고 그에게 왕관을 씌워 줄

---

24) 앙주 공작은 실제로는 1584년에 죽었다. 실러는 앙주 공작의 청혼을
작품에서 1587년의 사건으로 옮겨놓고 있다. 원래 엘리자벳에게 청혼한
앙주의 영주는 두 사람이다. 하나는 후일 프랑스의 앙리 3세(재위 1574
~89)가 된 앙주 공작으로 1570년대 초 그녀에게 청혼하였고, 다른 하
나는 그의 동생 프랑수아인데 형의 지위를 계승하여 앙주 공작이 되었
다. 프랑수아는 12년간이나 엘리자벳에게 청혼하였는데, 그녀는 그것을
노회하게 이리저리 끌면서 정치적으로 한껏 이용하였다. 프랑수아는 캐
더린 메디치 왕후의 막내아들로서, 모후에 의해 1572년 이 정략혼인의
게임에 끌어들여졌다. 1579년 8월 그는 12일간 런던에 머물면서 엘리

겁니다.

마리아 스페인 왕이 무장하지 않을까요?

모티머 자기 국민들과만 사이가 좋으면, 세상이 다 무장을 해도 그녀는 두려워하지 않을 겁니다.

마리아 그녀가 이 나라 국민에게 이 꼴을 구경시키려 할까요?

모티머 여왕이시여, 이 나라에서는 최근에 많은 왕녀들이 왕좌에서 내려와 단두대에 올랐습니다. 엘리자벳의 생모도 이 길을 갔죠. 캐더린 하워드[25]도, 레이디 그레이[26]도 모두 왕녀였죠.

마리아 (잠시 후) 아니오, 모티머!

공연한 두려움이 당신의 눈을 멀게 했군요. 고뇌에 찬 충정이 당신에게 공연한 공포를 불러 일으킨 것이오. 내가 두려워하는 것은 단두대가 아니오, 경. 다른 방법도 있지요, 보다 조용한 방법이. 잉글랜드의 통치자가 나의 요구를 잠재울 수 있는!. 형리보다는 자객을 찾는 게 더 빠를 거요. ― 그것이 바로 내가 무서워하

자벳과의 만남을 청했다. 당시 그는 네덜란드 문제로 인해 벌어진 전쟁에서 프랑스의 사절이었는데, 이것이 엘리자벳에게는 혼인협의를 위해 그를 다시 받아들일 수 있는 좋은 구실이 되었다. 한때 결렬되었던 혼인은 1582년 성사 직전에까지 이르렀다. 공작은 그해 4월 프랑스 대사를 잉글랜드에 보내 혼인을 주선토록 했다. 1582년 그는 몸소 잉글랜드에 와서 1583년 2월까지 머물렀다. 잉글랜드의 관리들은 이 혼인에 반대하였다. 이 내용이 작품 5막에서 다시 그려진다.

25) 헨리 8세의 다섯번째 부인으로 간통죄로 처형되었다.

26) Jane Grey: 헨리 8세의 누이동생의 손녀. 따라서 에드워드 6세가 죽자 왕위계승 서열에 따라 1553년 7월 10일 여왕으로 추대되었다. 그러나 며칠 만에 런던탑에 유폐되었고 1554년 처형되었다.

는 것이라오, 경! 잔에 입술을 댈 때마다 나는 두려움
에 사로잡혀요. 이 잔에 내 자매의 사랑의 독이 묻어
있지 않나 하고.

모티머 공개처형으로든, 암살로든 당신의 목숨을 건드리
지 못하게 하겠소. 걱정마십시오! 이미 준비가 끝났
습니다. 이 나라의 귀족 청년 열두 명이 저와 연합하
여, 이 성에서 당신을 무력으로 구출하기로, 오늘 아
침 성례를 받았습니다. 프랑스 대사 오베스핀 백작이
이 계획을 알고, 도움을 자청해 왔습니다. 그래서 그
의 궁에서 우리 모임이 이루어지고 있지요.

마리아 경의 말을 들으니 떨립니다 — 하지만 기쁨 때문
이 아니죠. 내 가슴 속에 불길한 예감이 흐릅니다. 무
슨 일을 벌이고 계시는 게요? 어떤 일인지나 알고 하
시는 건가요? 바빙톤과 티쉬번27)의 머리를 보고도
무섭지 않던가요? 런던다리 위에 경고조로 걸려서 피
를 흘리고 있는 머리를요. 수많은 사람들이 똑같은 무
모한 짓을 벌이다 죽어 갔는데도요? 그들은 내 사슬
만 무겁게 만들었죠. 가엾은 청년이여, 그대는 길을
잘못 들었어요 — 도망가세요! 아직 시간이 있으니
도망하세요! 염탐꾼 벌리가 당신들에 대해 알기 전에
당신들 가운데 배신자를 끼워 넣기 전에. 어서 이 나
라를 벗어나세요, 마리아 슈트아르트를 지키려다 성

---

27) Chidiock Tichbourne: 가톨릭교도로서 바빙턴과 공모하여 마리아를
  구출하려다 그와 함께 처형되었다. 이들의 머리를 런던 다리 위에 경고
  삼아 여러해 동안 매달아 놓고 침을 뱉게 하였다.

공한 사람은 없었어요.

모티머 저는 무섭지 않습니다, 런던다리 위에 경고로 걸린 바빙톤의 머리도, 티쉬번의 핏물 떨어지는 머리도. 그리고 똑같은 모험을 하다 죽음을 맞이한 수많은 사람들의 몰락도! 그들은 그 속에서 영원한 명예를 찾은 것입니다. 그래요, 당신을 구출하려다 죽는 것, 그것이 바로 행복입니다.

마리아 헛수고예요! 무력으로도, 계략으로도 날 구할 수는 없어요. 적들이 감시하고 있어요, 힘이 그들의 것인걸요. 폴렛만이 아니고 그의 경비원들만도 아니에요. 잉글랜드 전체가 내 감방문을 지키고 있어요. 엘리자벳의 자유로운 의지만이 감옥문을 열어 줄 수 있어요.

모티머 오, 그런 희망일랑 갖지도 마세요!

마리아 단 한 사람, 옥문을 열 수 있는 남자가 있지요.

모티머 오, 제게 그의 이름을 가르쳐 주세요.

마리아 레스터 백작이죠.

모티머 (깜짝 놀라 물러서며) 레스터 백작요? 레스터 백작이라고요! — 당신의 앙숙이! 엘리자벳의 총애를 받고 있는 그자가 — 그지로부터 —

마리아 내가 구출된다면, 오직 그 사람을 통해서 뿐이오. 그에게 가서 다 털어 놓으세요. 내가 보내서 왔다는 증거로 이 편지를 그에게 갖다 주세요. 속에 내 사진이 들어 있어요. (가슴에서 종이를 꺼낸다. 모티머가 물러서며 받기를 주저한다) 받으세요. 벌써 오랫동안 내 품에

지녀 온 것이에요. 당신 삼촌의 감시가 삼엄해서 그
사람에게 통하는 모든 길이 막혔지요. 당신은 나의 착
한 천사가 보낸 분이에요.

모티머 폐하 ─ 이 불가사의를 ─ 제게 설명해 주십시오.

마리아 레스터 백작이 수수께끼를 풀어 줄 것이오. 그를 믿
어요, 그 사람도 당신을 믿을 것이오 ─ 누가 오나요?

케네디 (급히 들어온다) 폴렛 경이 궁정대신 한 명과 함께
오고 있습니다.

모티머 벌리 경입니다. 폐하, 진정하세요! 냉정하게 그의
말을 들어 보세요. (옆문을 통해 물러나고, 케네디가 뒤를
따라 나간다)

제 7 장

마리아, 잉글랜드 재상 벌리 경, 기사 폴렛.

폴 렛 당신은 오늘 자신의 운명을 확실하게 알고 싶어했
소. 확실한 것을 친애하는 벌리 경이 가져왔소. 공손
히 받으시오.

마리아 위엄을 갖추고 들으리다, 그것이 무죄함에 어울리
는 일이니까.

벌 리 나는 재판정에서 파견되어 온 것이오.

마리아 벌리 경은 재판정에 자기 마음을 빌려 주시더니,
이제는 충직하게 입까지 빌려 주셨군요.

폴 렛 판결을 이미 알고 있는 것처럼 말하시는군요.

마리아 벌리 경이 가지고 왔으니까요, 그래서 제가 아는
거죠. ― 본론으로 들어갑시다, 경.

벌 리 당신은 사십이 명의 판관으로 구성된 재판정을 승
인했소, 레이디 마리아 ―

마리아 잠깐, 벌리 경, 시작부터 당신의 말을 막는 것을
용서하세요. 내가 사십이 명의 재판정을 승인했다고
하셨나요? 결코 승인한 적 없소. 결코 그럴 수가 없
었던 거죠. ― 나와 동등한 지위, 내 국민과 내 아
들28), 그리고 모든 영주들의 품위를 그토록 크게 훼

---

28) 작중에서 그녀의 아들은 단 한번 언급된다. 1566년 다안리와의 사이
에서 태어났고 두 살 때 마리아가 잉글랜드로 피신해 가자, 제임스 6세

손할 수는 없는 일이었죠. 잉글랜드의 법에 의하면 모
든 피고인은 자신과 동등한 지위의 배심원에 의해서
만 재판을 받게 되어 있소. 그 위원회에서 나와 동등
한 지위를 가진 자가 누구랍디까? 왕들만이 내 지위
와 대등한 사람들이오.

벌 리　하지만 당신은 기소 조항을 경청했고, 법정 심문에
응했소.

마리아　맞아요, 해튼의 간계에 속아서였죠, 단지 나의 명
예 때문이었죠, 그리고 내 논지의 압도적 권위를 믿었
기 때문에 모든 기소 내용에 귀를 기울이고, 그것들의
사실무근을 보여 주려 한 것이오. 고귀한 왕가의 사람
들을 존중해서였지, 내가 거부하는 그 재판정을 존중
해서가 아니었죠.

벌 리　재판정을 인정하고 안하고는 말이오, 레이디, 공소
한 형식의 문제일 뿐이오, 그것이 재판의 진행을 막지
는 못하죠. 당신은 잉글랜드의 공기를 마시고 있고,
그 법의 보호와 호의를 누리고 있소, 따라서 당신은
그 법의 지배를 받게 되는 것이오!

로 스코틀랜드의 왕위에 오른다. 마리아가 그를 마지막으로 본 것은, 그
가 생후 10개월째 되던 때였다. 그는 개신교도로 교육을 받으며 성장하
였고 모친인 마리아를 잉글랜드의 감옥에서 석방시키는 문제에 대해서는
관심이 없었다. 그것은 그에게 왕위의 반납을 의미하는 것이었기 때문이
다. 엘리자벳이 죽자 그는 1603년 제임스 1세로서 잉글랜드의 왕위까지
계승하게 된다. 그러나 자기의 모친을 죽음으로 몰고 간 개신교파인 청
교도들을 그 어느 왕보다 철저하게 박해하였다. 그리하여 이들 청교도들
은 박해를 피해 메이 플라워 호를 타고 아메리카 신대륙으로 건너가 미
국 건설의 주역이 된다. 그는 1625년 사망하였다.

마리아 내가 호흡하고 있는 것은 잉글랜드 감옥의 공기이
오. 이것이 잉글랜드에 사는 것이고 잉글랜드 법의 호
의를 누린다는 것이오? 그런 법은 모르겠구려. 그런
것을 지키겠다고 용인한 적도 없소. 나는 이 나라의
국민이 아니오, 자유로운 외국 여왕의 몸이오.

벌 리 그래, 여왕이라는 칭호가, 타국에서 유혈분쟁의 씨
를 뿌린 자에게도 면책장이 될 수 있다고 생각하오?
테미스[29]의 정의로운 칼이 죄수 외국인 여왕의 목을
치지 못한다면 국가의 안위가 어찌되겠소? 양아치 머
리나 다름없는 것을.

마리아 법제도 밖에 있겠다는 것이 아니오, 내가 부인하
는 것은 오로지 그 판관들이오.

벌 리 판관들이라구요, 레이디? 그렇다면 그들이 군중들
속에서 쓸어 모아진 양아치들이란 말이오? 그들이 몰
염치한 수다쟁이들에, 정의와 진리를 팔아 먹고, 기꺼
이 압제조직의 도구가 되는 자들이란 말이오? 그들은
이 나라에서 제일가는 사람들이오, 진실됨에 있어 부
족함이 없는 독자적인 사람들이오, 제후의 위협이나
천박한 뇌물과는 아예 거리가 멀죠. 바로 고귀한 백성
을 자유와 정의로써 통지하고 있는 사람들이죠. 그들
의 이름만 들어도, 모든 의구심과 악의가 순식간에 잠
잠해질 것이오. 그들의 수장으로 민중의 목자가 있소,

---

29) 그리스 신화에서 우라노스와 가이아 여신 사이에 난 딸로, 제우스의
연인이기도 하였다. 원래 성소의 수호여신이었는데 후일 법과 정의의 여
신으로 통하게 되었다.

캔터베리의 최고 성자, 현자 탈봇이오, 국쇄를 보관하고 있는 분이죠. 그리고 해군제독 하워드가 있소. 잉글랜드의 여왕이 더이상 할 수 있는 일이 무엇이겠소? 왕국 전체에서 가장 고귀한 분들을 엄선하여 이 왕실분쟁의 판관으로 임명하셨잖소! 설령 여러 무리들의 증오가 그들 하나하나를 매수할 수 있다 칩시다 — 사십 명이나 되는 정선된 사람들이 열정적으로 한 목소리를 낼 수 있는 일인가요?

마리아 (잠시 침묵한다) 그 입술의 위력에 말문이 막히는군요, 예전부터 줄곧 나에게 불행을 가져다 준 그 입술 — 나처럼 무식한 여자가 어떻게 그 절묘한 달변가를 당해낼 수 있겠소! 그래요, 그 귀족들이 당신 말대로라면, 내가 입을 다물어야 되겠죠. 그들이 나를 유죄라 한다면, 내 문제는 끝났죠, 희망이 없지요. 하지만 당신이 자랑스럽게 거명한 그 이름들, 그 무게만으로 나를 납작하게 깔아 뭉갤 수 있다는 그들이 이 나라의 역사에서 수행하고 있는 역할은 전적으로 다른 것으로 보이는군요, 경. 내가 보기엔 잉글랜드의 높으신 귀족들이, 이 왕국의 상원이 세라이의 노예들처럼, 술탄의 변덕에 아첨하고 있어요,30) 바로 내 종조부 헨리 8세의 변덕에. 고귀하신 상원이 흡사 돈으로 살 수 있는 하원처럼 매수되어 법을 제정하고 폐지하고,

---

30) 술탄은 터키 왕의 명칭. '세라이 serâi'(프랑스어로는 Serail)는 콘스탄티노플에 있는 그의 왕궁으로서 나중 후궁을 의미하게 되었다. 잉글랜드 귀족의 무능과 무력을 술탄의 노예로 비유하는 것이 18세기 유럽의 전통이었다.

혼인을 파기하기도 하고, 혼인으로 묶어 주기도 했죠,
권력자의 명에 따라서 말이오. 그들이 잉글랜드 군주
의 딸에게 오늘은 상속권을 박탈하고 사생아의 낙인
을 찍고, 내일은 여왕의 대관을 씌워 준 것을 나는 알
고 있소. 이 고귀하신 무리들이 신념을 날쌔게 바꾸는
것을 나는 보았소. 정부가 네 차례 바뀌자 종교도 네
차례 달라지더군요.

벌 리 잉글랜드 왕국의 법을 모른다더니, 잉글랜드의 재
난을 환하게도 꿰고 있군요.

마리아 그런데 그자들이 바로 내 재판관들이란 말이오!
— 재무장관님! 저는 그대를 온당하게 대하고자 합니
다! 당신도 저를 그렇게 대해 주세요 — 당신은 이 나
라와 당신 여왕께 충실한 사람이라고들 합디다. 청렴
하고 용의주도하고 열정적인 분이라 하더이다 — 그
것을 믿고 싶소. 자신의 이득에 지배되지 않고, 다만
군주의 유익, 나라의 유익만을 생각하는 분이라고요.
친애하는 벌리 경, 바로 그때문에 당신껜 믿기지 않는
것입니다, 국익이 정의와 다른 모습이라는 것이. 판관
중에는 당신 말고도 존경할 만한 사람들이 있는 것을
의심하지 않습니다. 하지만 그들은 개신교도늘이고
잉글랜드의 평안에 대한 열정에 사로잡힌 자들이오.
그들이 나에 대해 말하고 있소, 이 스코틀랜드 여왕에
대해, 교황파 여자에 대해서 말이오! 잉글랜드인은
스코틀랜드인에게 공정할 수 없다는 옛말이 있소 —
바로 그때문에 옛날옛적 선조때부터 대대로 법정에서

잉글랜드인은 스코틀랜드인에 대해, 스코틀랜드인은
잉글랜드인에 대해, 반대증언을 하는 것이 허용되지
않았소. 이런 기이한 법이 생긴 것은 그만한 필요가
있었기 때문이오. 깊은 뜻이 이 오랜 관습에 있는 것
이오. 그것을 존중해야 하오, 경 — 대자연이 불같은
두 민족을 바다 복판의 판자 위에 던져 놓았답니다.
그리곤 그것을 차이나게 나누어 놓고 이로 인해 둘이
싸우게 했답니다. 트위드31)의 계곡만이 격한 인간들
을 떼 놓았죠. 이따금 전사들의 피가 물결에 휩쓸려
섞였지요. 그들은 손에 칼을 들고, 양쪽 해안에서 서
로를 위협적으로 노려보면서 수천년을 지내왔습니다.
잉글랜드가 적의 위협에 처했을 땐, 꼭 스코틀랜드인
의 지원이 있었죠. 스코틀랜드 도시에 내란이 일었을
때, 꼭 잉글랜드인의 사주가 있었습니다. 그리고 이
증오는 결국 두 나라가 형제처럼 하나의 의회를 만들
고, 한 사람의 군왕이 이 섬 전체를 통치하게 되기 전
까진, 결코 꺼지지 않을 것이오.

벌 리   그래, 슈트아르트가의 한 여인이 그런 행운을 이
나라에 하사하시겠다는 건가요?

마리아   왜 내가 그것을 부정해야 하오? 고백하거니와, 나
는 그같은 소망을 키워 왔소. 소중한 두 국민을 올리
브나무 그늘 아래서 평화롭게 하나되게 하는 소망
을.32) 내가 두 나라 국민의 증오의 희생이 되리라곤

---

31) 잉글랜드와 스코틀랜드의 경계를 이루고 있는 동부의 강.
32) 창세기 8장 11절에서 노아가 방주에서 날려 내 보낸 비둘기가 홍수가

생각도 못했소. 오랜 질시, 오랜 불화의 불행한 불길
을 영원히 잠재우기를 난 소망했소. 내 조상 리치몬드
백작이, 피비린내나는 전쟁이 끝나자, 장미 두 송이를
함께 묶어 스코틀랜드와 잉글랜드의 왕관을 혼인으로
평화롭게 맺었듯이 말이오.33)

벌 리 당신은 나쁜 방법으로 목표를 달성하려 했군요, 잉
글랜드에 불을 지르고 내란의 불길로써 왕좌에 오르
려 했으니까.

마리아 그런 적 없소 — 하늘에 맹세코! 내가 언제 그랬
소? 증거가 어디 있소?

벌 리 나는 논쟁하러 여기 온 것이 아니오. 이 일은 이제
더이상 설전을 벌일 필요가 없게 됐소. 투표 결과 사
십대 이로 판정이 났소, 작년에 제정한 그 법령을 당
신이 위반했다고, 그 법의 심판을 받아야 한다고 말이
오. 작년에 이런 법이 제정됐죠 "이 왕국에서 소요가

가라앉은 증표로 올리브잎을 가지고 돌아온다. 이때부터 올리브나무는
평화의 상징이 되었다.

33) 잉글랜드에서는 1452~1485년 랭카스터 가문(문장은 붉은 장미)과 요
크 가문(문장은 흰 장미) 사이에 왕위계승전쟁이 벌어졌다. 소위 '장미전
쟁'이라고 불리는 이 싸움에서 결국 랭카스터 가문이 승리를 거두고, 가문
의 상속자인 리치몬드의 백작 헨리 튜더가 왕위를 계승하고 헨리 7세가
된다(재위 1485~1509). 그는 요크 가문의 엘리자벳과 혼인하여 양가의
화해를 도모하고 그리하여 튜더 왕조를 연다. 엘리자벳은 그의 손녀이며,
마리아 슈트아르트는 그의 증손녀가 되는 셈이다. 엘리자벳이 후사를 남
기지 않고 죽음으로써 튜더 왕조는 막을 내리고, 후계자로 마리아 슈트아
르트의 아들이 제임스 1세로 왕위에 오름으로써 슈트아르트 왕조가 열리
게 되는데, 이때부터 마리아의 말대로 잉글랜드와 스코틀랜드가 한 나라
로 통합이 되고 곧이어 나라 이름은 '대영국 Great Britain'이 된다.

발생하면, 누구의 이름으로든, 누구를 위해서든, 그것이 왕권을 주장하는 것이라면, 그 주인공은 법의 심판을 받게 되고, 죄인은 사형에 처한다." 이제 그것이 입증됐으니 —

마리아 벌리 경! 나는 그 법안이 명시적으로 나를 목표로 하고, 나를 파멸시키기 위해 제정되었다는 것을 의심하지 않고 있소. — 나에게 불리하게 사용되리라는 것도. 법을 제정한 자의 혀가 판결까지 내리다니, 오, 가엾은 희생자여! 그 법이 나의 몰락을 위해 고안된 것을 부정할 수 있겠소, 벌리 경?

벌 리 그것은 당신에게 경고하기 위한 것이었소. 당신 스스로 그 법을 덫으로 만들어 버린 거요. 당신 앞에 활짝 열린 심연을 보면서도, 충실한 경고에도 불구하고 그 속에 뛰어 든 거요. 당신은 대역모반자 바빙턴, 그리고 그의 살인모리배들과 한 통속이 되었소. 당신은 모든 것을 알고 있었고, 감옥에서 계획적으로 이 모반을 지휘했소.

마리아 내가 언제 그랬단 말이오? 증거를 보이시오.

벌 리 벌써 얼마 전에 법정에서 당신에게 내보여 줬소.

마리아 알지도 못하는 사람이 베껴 쓴 종이요! 내가 그것을 친히 받아 쓰게 했다는 증거를 이리 가져와요, 또 그들이 읽은 내용이 내가 받아 쓰게 한 그대로라는 증거도!

벌 리 바로 자기가 받은 종이라고 바빙턴이 죽기 전에 자백했소.

마리아 그렇다면 왜 살아 있을 때 그를 내 앞에 세우지
　　　　않았소? 왜 그렇게 서둘러서 나와 맞대면도 시키지
　　　　않고 저세상으로 보낸 거죠?

벌 리 당신 비서 컬과 나우도 맹세코 그것들이 당신의 입
　　　　에서 나오는 대로 받아 적은 편지라고 주장하였소.34)

마리아 내 가신들의 증언에 따라 내게 유죄를 내렸다는
　　　　건 가요? 나를 배신한, 자기 여왕을 배신한 자들의
　　　　성실성과 신뢰에 의존해서요? 나에 대해 역증언을 한
　　　　바로 그 순간 그들의 성실성은 깨진 것이오!

벌 리 예전엔 스코틀랜드인 컬이 덕있고 양심적인 사람이
　　　　라고 당신 스스로 말하지 않았소?

마리아 그렇게 알고 있었지요 — 하지만 인간의 덕망이란
　　　　오로지 위험의 순간에만 제대로 시험이 되는 법이죠.
　　　　고문이 두려움을 줘서, 자신이 알지도 못하는 것을 진
　　　　술하고 고백하게 할 수 있죠. 위증으로 자기 목숨을
　　　　구할 수 있을 거라 믿었겠죠. 그리고 그것이 여왕인
　　　　나에게 별로 피해가 되지 않으리라 생각했겠죠.

벌 리 그는 자유롭게 서약하고 자백했소.

마리아 내 면전에서는 그렇지 않았을게요!— 어때요, 경!

---

34) 마리아의 비서 컬 Gilbert Curle(스코틀랜드인)과 나우 Claude Nau
　　(프랑스인)는 1586년 8년 11일. 마리아의 면전에서 바빙턴의 모반에
　　가담한 혐의를 받고 체포되었다. 고문을 받은 그들은 마리아의 명으로
　　엘리자벳의 암살기도에 동의하는 비밀편지를 썼노라고 자백하였다. 그들
　　의 진술이 법정에서 마리아에게 불리하게 이용되었다. 마리아는 그들을
　　자기 앞에 세울 것을 요구하였지만 받아들여지지 않았다. 컬이 나중에
　　자기의 진술을 번복하였다는 것은 역사적 사실과는 무관하다. 이들의 이
　　름을 실러는 독일식으로 바꿔 표기하고 있다.

아직 살아 있는 증인이 두 명 있소! 그들을 내 앞에 데리고 와서 내 면전에서 증언을 다시 하게 해요! 왜 내게 그런 호의를, 그런 권리를 거절하는게요? 살인 자들에게도 허용하는 권리가 아니오? 예전의 감호인 탈봇한테 직접 들어서 알고 있는데, 바로 이 정부 하 에서, 국법이 하나 제정됐다죠, 원고를 피고에게 대면 시킬 것을 명하는 법이라죠? 어때요? 내가 잘못 들었 나요 — 폴렛 경! 나는 언제나 당신을 정직한 사람이 라고 생각해 왔소. 이제 그것을 증명해 주시오. 양심 에 따라 말씀해 줘요. 그런 것이 있나요? 잉글랜드에 그런 법은 없나요?

폴 렛 있습니다, 레이디. 우리 법에 있습니다. 사실을 부 정하지 않겠소.

마리아 자, 경! 잉글랜드 법에 따라 나를 그렇게 엄격히 다룬다면 그리고 그 법이 나를 누르고 있다면 말이죠, 왜 똑같은 국법이 옆걸음을 치죠? 그 법이 내게 유리 할 것 같을 때는 말이오, 대답해 봐요! 왜 법이 명한 대로 바빙톤을 나에게 대면시키지 않았죠? 또 살아 있는 두 비서들도요?

벌 리 흥분하지 마세요, 레이디. 단지 당신과 바빙톤의 결탁 때문만이 아니라 —

마리아 그게 바로 유일한 이유지요, 나를 법의 칼 앞에 맨발로 세운 이유이고, 그것이 내가 벗어야 할 혐의이 지요. 경! 주제에서 벗어나지 마시오, 핵심을 피하지 마시오.

벌 리 당신이 스페인 대사 멘도자와 내통한 것이 입증되었소.

마리아 (격렬하게) 주제에서 벗어나지 마시오, 경!

벌 리 당신은 이 나라의 종교를 뒤엎고 유럽의 모든 왕들을 잉글랜드와 전쟁하도록 부추겼소.

마리아 설령 그랬다면요? 나는 그러지 않았소 — 하지만 내가 그랬다고 칩시다! — 당신들은 날 여기 가두고, 국제법을 위반하고 있소. 나는 칼을 차고 이 나라에 오지는 않았소, 난 이 나라에 간청자로 왔소, 망명처를 찾아, 혈친이신 여왕의 팔에 나를 맡겼소. 그런데 나는 무력으로 체포되고, 족쇄가 채워진 것이오, 보호를 청원했던 바로 이곳에서 말이오 — 말해 보시오! 내가 이 나라에 양심의 빛을 진 게 있나요? 내가 잉글랜드에 의무가 있나요? 이것은 신성한 정당방위요, 내가 이 속박에서 벗어나려 애쓰고, 힘을 힘으로 막고, 세상의 모든 나라들로 하여금 나를 보호하도록 자극하고, 고무하고 있다면요. 어떤것이든 정정당당한 전쟁이라면, 그것은 내게 허용된 것이오. 다만 살인만은 비밀스런 유혈행위만은 내 자존심과 양심이 허락하지 않소, 살인은 나를 더럽히고 불명예스럽게 할 것이오. 하지만 불명예라는 말을 오해마시오 — 그것은 결코 유죄판결이나 재판을 받는다는 뜻은 아니오. 나와 잉글랜드 사이에 재판이란 없으니까, 다만 무력이 있을 뿐이죠.

벌 리 (의미심장하게) 끔찍스럽게 강자의 힘에 호소할 생각

은 마시오, 레이디 마리아, 그런 것은 죄수에게 유리
한 게 못 되니까!

마리아   나는 약자요, 그녀는 강자요 ― 좋아요! 그녀더러
무력을 사용하라죠, 날 죽이라고 하죠! 자신의 안위
를 위해 나를 제물로 바치라죠, 하지만 그땐 고백해야
할 것이오, 자기가 힘을 행사한 것일 뿐, 정의를 행사
한 게 아니었다는 것을. 법의 칼을 빌려서 증오스런
적을 해치우려 하지 말라 하시오, 유혈의 만행을 성의
(聖依)로 포장하지 말라 하시오. 그런 사기극으로 세
상을 속이지 말라 하시오! 그녀가 나를 암살케 할 수
는 있어도 심판하지는 못할 것이오! 범죄의 열매를
성스러운 덕망의 모습으로 위장하는 것을 중지하라
하시오. 본색을 드러내라 하란 말이오! (퇴장한다)

제 8 장

벌리, 폴렛.

벌 리 그녀는 우리에게 대항하고 있소 — 그리고 대항할
것이오. 폴렛 경, 단두대에 오를 때까지 그럴 것이오
— 그 오만한 기질은 꺾이지 않을 게요 — 어디 그녀
가 판결 때문에 놀라기를 했나요? 그녀가 눈물 한 방
울 흘리는 것이라도 보았나요? 얼굴색이 변하기라도
했나요? 그녀는 우리에게 동정을 구하지도 않고 있
죠, 잉글랜드 여왕이 주저하고 있는 것을 알기 때문일
게요. 우리가 두려워하는 것, 그것이 바로 그녀를 용
감하게 해 주고 있는 것이죠.

폴 렛 재상! 그런 허세는 곧 사라져 버릴 것이오, 우리가
그 구실만 제거해 버린다면 말이오. 내 이런 말 해도
될지 모르지만, 이 송사에 부적절한 점이 있긴 했소.
바빙턴과 티시번을 그녀와 대면시킬 걸 그랬소. 비서
들도 그녀 앞에 세웠어야 했소.

벌 리 (재빨리). 아니오! 안 돼요, 폴렛 경! 그런 모험을
할 수는 없었소. 사람들의 감정에 미치는 그녀의 위력
이 너무 크오. 그리고 그녀의 눈물도 — 여자의 무기
죠. 비서 컬이 그녀 앞에 서고 증언을 하게 되고, 거
기에 그녀의 목숨이 달려 있음을 알면 — 그자는 뒷
걸음질할게요, 자백을 취소할 게요.

폴 렛　그러면 잉글랜드의 적들이 온세상에 흉악한 소문을
　　　쫙 퍼뜨리겠죠. 그러면 이 재판의 장엄한 의식이 엄청
　　　난 범죄로만 보이겠죠.

벌 리　그게 바로 우리 여왕의 근심이죠 ― 이 재앙덩어리
　　　여자가 잉글랜드 땅에 발을 딛기 전에 죽었더라면 좋
　　　았을 것을!

폴 렛　'아멘'이오!

벌 리　감옥에서 병들어 죽든가!

폴 렛　그랬다면 이 나라가 얼마나 평온했겠소.

벌 리　그녀가 우연히 사고로 죽었다 하더라도 ― 우리는
　　　살인자 소리를 들을 것이오.

폴 렛　맞아요, 제멋대로 생각하는 사람들을 어찌 막을 수
　　　있겠소.

벌 리　그게 입증이 되는 일도 아닐 테고, 그러니, 별로 시
　　　끄러운 소리를 일으키지도 않을 테고.

폴 렛　떠들 테면 떠들라죠! 큰소리쳐 비방한다고 해가 될
　　　일 있겠소. 문제는 온당한 비난이죠.

벌 리　오! 아무리 신성정대한 일이라도, 비난엔 중구난방
　　　인 것이오. 여론이란 불행한 자의 편을 들기 마련이
　　　오. 시기는 행운의 승자를 핍박하는 법이고. 재판관의
　　　칼은 남자가 차면 장식처럼 덧보이지만, 여자의 손에
　　　있으면 증오의 대상이 되죠. 세상은 여자의 정의라는
　　　것을 믿지 않거든, 뭐니 해도 희생자가 여자인 경우에
　　　는! 우리 판관이 양심에 따라 판결을 내렸지만, 소용
　　　없는 일이오! 그녀에겐 왕으로서의 사면권이 있고,

그것을 사용할 것이 틀림없소. 그 법을 엄격히 적용시
킨다면, 그것은 참기 어려운 일이오.

폴 렛 그렇다면 —

벌 리 (급히 말을 막으며) 그렇다고 그녀를 살려 줘야 되겠
소 ? 안 돼요! 살려 줘서는 안 돼요! 결코! 바로 그
점이 우리 여왕이 불안해하는 점이오 — 그 때문에
여왕은 잠자리에 들지 못하고 있소 — 나는 여왕의
눈에서 영혼의 투쟁을 읽고 있소. 차마 자기 입으로
직접 소망을 표현하진 못하시지만, 무언의 시선으로
의미심장한 질문을 던지고 있소. 내 신하들 중에는
아무도 이 증오스러운 선택의 짐을 내게서 덜어 줄
자가 없는가? 왕좌에 앉아 영원히 떨며 살아야 하는
가? 아니면 잔인하게도 그 왕녀를, 바로 내 혈친을
단두대로 던져 버릴 것인가!35)

폴 렛 이제는 그럴 수밖에 없는 일입니다. 달리 방법이
없지요.

벌 리 달리 방법이 있을 수도 있다는 게 여왕의 생각이십
니다, 다만 좀더 주의깊은 신하들만 있다면요.

폴 렛 좀더 주의깊은 신하라뇨?

벌 리 무언의 사명을 알아 들을 줄 아는!

폴 렛 무언의 사명이라고요?

---

35) 마리아를 몰래 제거해 버리라고 엘리자벳이 폴렛에게 은밀하게 지시를
내린 것이 여러 기록에서 언급되고 있다. 1587년 2월 1일 엘리자벳의
비서 대비슨이 폴렛에게 그녀의 편지를 전했으나 그는 이를 거절하고 답
신을 보냈다고 한다. "경애하는 나의 여왕께서 하나님과 법이 금하는 행
위를 내게 요구하신 불행한 날을 내가 체험하게 되다니 유감입니다."

벌 리 독사를 지키라고 위임받은 사람이라면, 자기에게
　　　맡겨진 적을 성스럽고 귀한 보배인 양 지키고 있지는
　　　않을 것이오.

폴 렛 (의미심장하게) 훌륭한 이름이야말로 귀중한 보배입
　　　니다. 일점의 흠도 없는 여왕의 명성은, 아무리 잘 지
　　　켜도 지나친 게 아니지요, 경!

벌 리 그 귀부인을 슈르스베리로부터 빼내서 폴렛 경의
　　　감호 하에 맡겼을 때는, 다 생각이 있어서였죠 ―

폴 렛 바라옵건데, 경, 그 의도가 가장 막중한 사명을 가
　　　장 순수한 사람의 손에 넘기고자 한 것이었으면 하오.
　　　하늘에 맹세코! 잉글랜드 최고의 사람을 필요로 하는
　　　일이라고 생각치 않았다면, 난 결코 이 간수직을 맡지
　　　않았을 게요. 내 깨끗한 명성을 책임지는 것이 아닌,
　　　어떠한 일을 해야 한다고 생각지 말게 해 주시오.

벌 리 소문에 의하면 그녀가 쇠약해지고 있다고 하던데.
　　　병이 점점 더 깊어져, 끝내 조용히 죽으라고 놔 두죠.
　　　그렇게 되면 사람들의 기억 속에서도 사라질 것이고
　　　― 당신의 명성은 여전히 깨끗하게 남고.

폴 렛 내 양심은 그렇지 않죠.

벌 리 당신이 직접 손을 쓸 생각은 아니더라도, 다른 사
　　　람이 하는 것을 막지는 않겠죠?

폴 렛 (말을 막으며) 내 집 지붕 위의 신들이 그녀를 지키
　　　는 한, 어떤 자객도 그녀의 문지방에 다가오지 못하게
　　　하겠소. 내게 그녀의 목숨은 신성한 것이오. 잉글랜드
　　　여왕의 머리라고 해서 더 신성할 것은 없소. 당신은

재판관이오! 재판관! 사형언도를 내리시오! 그리고 때가 되면 목수를 시켜 도끼와 톱을 가지고 와서 단두대를 설치하라고 하시오 ― 집행관과 형리에게는 내 성문을 열어 줄 것이오. 이제 그녀는 내 감호에 맞겨졌소. 그러니 분명히 알아 두시오, 내가 그녀를 지킬 것이오. 그녀가 나쁜 짓을 하지 못하도록, 또한 나쁜 일을 당하지도 않도록. (퇴장한다)

제 2 막

웨스트민스터 궁

제1장

켄트의 백작과 빌헬름 대비슨 경의 회동.

대비슨 켄트 경이십니까? 경기장에서 벌써 돌아오셨나요? 축제[1]가 벌써 끝났어요?

켄 트 아니 기마전에 안 가셨더랬소?

대비슨 직무 때문에 못갔습니다.

켄 트 최고의 구경거리인데 놓쳤군요, 경. 정말이지 그건 아취와 품위의 절정이었소 — 알잖소! 공연은 '미의 순결한 성채'[2]였소. 그것이 욕정에 함락되는 거죠 — 해군제독, 재판장, 궁정대신, 그리고 여왕의 기사 열 명이 성채를 방어하고, 프랑스의 기병대가 공격을 했죠. 먼저 전령이 등장하여 마드리갈 곡조로 성채의 양도를 요구하였고, 그러자 성벽에서 재상의 응답이 있었습니다. 곧이어 야포가 울리고, 꽃다발과 진기한 향내가 예쁘장한 모형대포에서 발사되었죠. 결국 아무

---

1) 소위 '미의 순결한 성채'의 쟁탈전으로서 1581년 5월 15일. 런던에서 개최됐던 역사적 축제. 앙주 공작 프랑수아의 구혼사절단이 방문한 것을 기념하는 축제의 한 부분이었다. 이같은 경기는 중세 '연인의 성을 위한 경기 Minneburgspiel'의 전통에 뿌리를 둔 것으로, '바톨로메우스 밤의 대학살'의 전날에도 이 경기를 벌인 것으로 기록되고 있다. 바톨로메우스 대학살은 본 작품 3막 엘리자벳과 마리아의 대면에서 언급되고 있다.

2) 이 경기는 1581년 5월 15일 런던에서 거행됐던 역사적 행사였다. 부분적으로는 프랑수아 앙주 공과 엘리자벳의 성혼을 추진하려고 방문한 프랑스의 사절단을 기념하기 위한 것이기도 했다.

보람도 없이! 공격이 진압되었고, 욕정은 철수할 수
밖에 없게 되었죠.

대비슨 프랑스의 구혼자에게는 나쁜 징조군요, 백작.

켄 트 뭐, 뭐, 그냥 유희였을 뿐인데요 — 실제로는 말이
오, 성이 결국 승복할 거라고 봅니다.

대비슨 그렇게 생각하십니까? 나는 결코 그렇게 안 봐요.

켄 트 가장 까다로운 조항들이 이미 고쳐졌어요. 프랑스
에서 이를 승인했고요. 앙주 공작은 사적인 예배를 개
인 예배당에서 보는데 그치고, 공적으로는 잉글랜드
의 국교를 존중하고 수호할 것입니다 — 이 소식이
전파되자 국민들이 얼마나 환호했는지 보셨겠죠! 그
럴 수밖에, 바로 그게 이 나라의 영원한 공포였으니까
요. 여왕이 왕위를 계승할 소생을 남기지 않고 죽을지
도 모른다는거죠. 그러면 잉글랜드가 다시 교황의 쇠
사슬에 묶이게 된다, 슈트아르트가의 여인이 그 왕위
를 계승하게 된다면 말이죠.

대비슨 그런 공포가 해소될 수도 있겠죠 — 여왕이 신방
에 들고, 그 슈트아르트 여인이 죽으면.

켄 트 여왕이 오시고 있소!

제 2 장

엘리자벳이 레스터 백작의 인도로 나온다. 오베스핀 백작, 벨리
버, 슈르스베리 백작, 벌리 경, 그리고 프랑스와 잉글랜드의 신
사들이 등장한다.[3]

엘리자벳 (오베스핀에게) 백작! 귀하신 신사분들께 애석한
마음이 듭니다. 다감한 열정에 끌려 바다 건너 이곳에
오셨는데, 생 제르망 궁정[4]처럼 장려한 게 없어서 아
쉬웠겠죠. 나는 프랑스의 왕모처럼 화려한 제신축제
를 보여 주지는 못해요 — 예절 바르고 행복에 찬 백
성들이 내가 공석에 나타날 때마다, 내 마차에 몰려와
축복을 해 주는 것, 바로 이것이 내가 외국인 앞에서,
자부심을 갖고 내 보일 수 있는 장관이라오. 카타리나
왕녀의 아름다운 정원에서 꽃같이 피어 있는 귀족처
녀들의 광채가 나는 물론이요, 나의 빛없는 치적 따위
를 덮어 버리겠죠.

오베스핀 오직 한 분의 숙녀만을 웨스트민스터 궁은 보여

---

3) 2막 2장의 내용은 많은 부분이 역사적 사실에 근거를 두고 있다. 1586
년 벨리버 백작이 유죄판결을 받은 마리아 슈트아르트를 구명하기 위한
사명을 받고 특사로 엘리자벳에게 왔다. 이미 1572년에 프랑스는 마리
아의 구출을 위해 잉글랜드와의 동맹체결을 시도하였으나 무산되었다.
이 조약의 체결을 위해 프랑스의 해군제독이 잉글랜드에 왔고 엘리자벳
으로부터 훈장도 받았다. 이듬해엔 앙주 공작이 친히 궁정에 왔고, 그때
엘리자벳이 그에게 반지 하나를 건네 주었다.
4) 파리 서쪽에 있는 성곽. 16세기부터 자주 프랑스 왕가의 거주지가 되었다.

주고 있습니다. 외국인이 깜짝 놀라도록 — 하지만 여성의 매력이란 매력은 모두 이 한 분 속에 집결되어 있지요.

벨리버 잉글랜드의 지존하신 국왕폐하! 황공하오나, 허락하여 주옵소서, 앙주 공작, 저희 군주께 학수고대하시는 기쁜 소식을 전하도록. 가슴 졸이는 조바심으로 그분은 파리에 남아 계실 수 없었습니다. 지금 아미엥5)에서 행운의 소식을 기다리고 계십니다. 그리고 칼레6)까지 그분의 전령이 깔려 있어, 폐하의 입에서 '예' 라는 한 마디만 떨어지면 날개 단 듯 내달아 그분의 귀를 취하게 할 것입니다.

엘리자벳 벨리버 백작, 내게 더이상 독촉하지 말아요. 지금은 그럴 때가 아니오, 거듭 말하지만, 화촉의 불을 지필 때가 아니죠. 이 나라의 하늘엔 검은 구름이 드리워져 있소. 내게 어울리는 것은 화려한 신부의 의상보다 장례의 검정 면사포일 게요. 바로 가까이에서 내 가슴이, 그리고 내 가문이 비통한 일격의 위협을 받고 있는 처지니까요.

벨리버 그냥 약속의 말씀만 주십시오, 폐하! 이행은 형편이 피는 날 하시고요.

엘리자벳 군주란 지위의 노예일 뿐이오, 자기 마음이 동하는 대로 하지 못해요. 내 소망은 언제나, 죽을 때까

---

5) 파리 북쪽으로 약 100km에 위치한 도시.
6) 도버해협을 사이에 두고 영국과 가장 근접해 있는 프랑스의 도시. 1347 ~1558년 영국의 손에 넘어갔다가 나중에 마리아의 삼촌인 귀즈 가문의 프랑수아에 의해 다시 프랑스의 땅이 됐다.

지 결혼하지 않는 것이에요. 내가 명예라고 생각하는 건, 언젠가 내 묘비에서 사람들이 이렇게 읽게 되는 것이오 "여기에 처녀여왕이 누워 계시다." 하지만 내 대신들은 그걸 원하지 않아요. 그들은 벌써 내 다음 시대에 정신을 쏟고 있지요. 지금 이 나라가 누리는 축복의 은총으로는 충분하지 않은 거죠. 자기네들 장래의 평안을 위해서까지 나를 희생하라는 거죠. 처녀로서의 자유마저도, 내 최상의 선마저도 내 민족을 위해 바치라는 거죠. 난 위에 상전을 모시고 있는 셈이죠. 그런 식으로 그들은, 내가 자기네에겐 여자에 불과하다는 것을 가르치고 있소. 난 남자처럼, 군왕답게 통치했다고 생각해 왔는데 말이오. 물론 나도 알지요, 자연의 질서를 저버리는 것은 신을 제대로 섬기는 게 아니라는 걸. 내 앞의 통치자들, 수도원의 문을 열고, 수천명의 그릇된 신앙의 희생자들에게 자연의 의무를 돌려 준 그분들은 가히 찬양할 만합니다. 하지만 여왕이 세월을 부질없이 잡념에 허비하지 않고, 기꺼이, 지칠 줄 모르고, 모든 막중한 책무를 수행한다면, 여왕은 자연의 목표에서 예외적인 존재가 되어야 하겠죠, 인류의 질반을 다른 질반에 굴종시키는 그 목표에서 —

오베스핀 여왕폐하, 폐하는 권좌에서 모든 덕을 영예롭게 했습니다. 남은 것은 오로지 하나, 모든 여성들의 자랑이신 폐하께서 이제 그 본연의 과업을 통해 모범을 보이시는 일입니다. 물론 이 세상에서 폐하의 자유를

희생할 만한 남성은 없습니다. 하지만 혈통이, 기품
이, 장부의 미덕이, 그리고 남성미가, 유한한 인간에
게 삼가 그같은 영광을 받을 만한 가치를 부여한다면,
그런다면 ―

엘리자벳 이르다 뿐이오, 대사. 프랑스 왕자와의 혼인동
맹은, 내게 영광이오! 내 허심탄회하게 고백하리다,
그래야 한다면 ― 다른 방도가 없다면, 내 백성의 요
구를 따르는 수밖에 없다면 말이오 ― 아마 그들이
나를 이길 것 같소 ― 또한 유럽에서 달리 내가 아는
군주는 없소, 나의 가장 소중한 보물인 자유를, 다만
자그마한 저항감을 갖고 바칠 만한 군주는 없소. 그대
가 내 이 고백으로 만족해 줬으면 하오.

벨리버 그거야말로 바랄 나위 없는 희망이지요, 하지만
그건 어디까지나 희망일 뿐, 그리고 제 군주는 그 이
상을 원하십니다.

엘리자벳 그가 원하는 것이 무엇이오? (반지를 손가락에서
빼고 생각에 잠겨 바라보며) 여왕이 범부보다 나은 거라
곤 하나도 없군요! 똑같은 징표가 똑같은 의무를 뜻
하죠. 똑같이 봉사를 뜻하죠 ― 반지는 혼인을 성립시
키지요, 또한 사슬을 만드는 것도 반지죠. ― 그대의
군주께 이 선물을 전하시오. 아직 이것은 사슬이 아니
오, 나를 구속하지는 못하오, 하지만 장차 나를 구속
하는 고리가 될 수 있을 것이오.

벨리버 (무릎을 꿇으며 반지를 받는다) 위대하신 폐하, 그분
의 이름으로, 무릎꿇고 이 선물을 받자옵나이다. 또한

저의 여왕의 손에 충성의 키스를 올리나이다!

엘리자벳 (마지막 말을 하는 동안 레스터 백작을 뚫어지게 쳐다
보며) 자, 레스터 경! (그에게서 푸른 띠를 받아 들고 벨리
버에게 둘러 준다) 그대의 전하에게 이 장식품을 입혀
드리시오, 그대에게 여기서 입혀, 내 기사의 의무를
부여하노니. "나의 명령을 용감히 행할지어다!"7) —
양국간의 불화는 사라지고, 신뢰의 유대가 금후 프랑
스와 브리튼 섬의 왕관을 결속케 하리라!

벨리버 지존하신 여왕폐하! 오늘은 기쁨의 날입니다! 이
날이 모든 이의 것이 되게 하옵소서, 이 섬에 누구도
고통으로 슬퍼하는 자가 없게 하소서! 폐하의 용안에
자비의 빛이 넘치나이다. 오! 그 해맑은 빛의 한 줄기
를 한 불운한 여왕에게 내리시옵소서, 프랑스와 잉글
랜드에 똑같이 관계된 여인에게.

엘리자벳 그만하오, 백작! 전적으로 양립할 수 없는 두
문제를 뒤섞지 맙시다. 프랑스가 진지하게 나와의 동
맹을 원한다면, 나의 근심조차도 나눠 가져야 할 것이
오, 내 적의 친구가 되어서는 안 되죠.

오베스핀 이 동맹에서 프랑스가 불운한 여인, 그리고 같
은 종교를 믿는 전 왕의 미망인을 잊는다면, 그대 폐
하의 눈에도 프랑스의 처신이 천해 보일 것입니다. 이
미 명예와 인도주의가 요구하는 바 —

엘리자벳 그런 의미에서 나는 프랑스의 중재를 인정할 줄
아오, 프랑스는 친구로서의 의무를 이행하는 것이죠,

---

7) 원문에서는 프랑스어로 "honi soit qui mal v pense".

하지만 내가 여왕으로서 행동하는 것을 마다하진 않
겠죠. (그녀가 프랑스 신사들에게 몸을 숙이자, 그들은 귀족
들과 함께 경의를 표하며 물러난다)

제 3 장

엘리자벳, 레스터, 벌리, 탈봇.
여왕이 자리에 앉는다.

벌 리 오, 영예로우신 폐하, 폐하는 오늘 백성의 뜨거운 소망을 채워 주셨습니다. 이제야 비로소 우리는 폐하가 선사하신 축복의 날을 누리게 되었습니다. 더이상 떨면서 격동의 미래를 바라보지는 않게 됐으니까요. 딱 한 가지 이 나라의 걱정거리가 있지요, 한 제물을 모두가 이구동성으로 요구하고 있습니다. 이것마저 윤허하여 주십시오. 그러면 오늘이 잉글랜드에게 평안의 영원한 초석이 될 것입니다.

엘리자벳 내 국민이 더 원하는 것이 무엇이오? 말해 보오, 경.

벌 리 슈트아르트 여인의 머리입니다 — 폐하께서 국민들에게 소중한 자유의 선물을, 값비싼 진리의 불빛을 보장해 주시고자 하신다면, 그녀가 더이상 존재해서는 안 됩니다. — 만약에 우리가 폐하의 귀한 목숨 때문에 영원히 떨지 않으려면, 적이 파멸해야 합니다! — 아시다시피 잉글랜드 국민의 생각이 모두 같은 것은 아닙니다. 아직도 이 섬에서 은밀하게 로마 가톨릭의 우상을 숭배하는 자들이 많습니다. 그들 모두가 적개심을 키워 가고 있습니다. 그들의 마음은 슈트아르트

가의 여인에 쏠려 있습니다. 그들은 로렌의 형제들8),
폐하의 그 철천지 원수들과 결탁하고 있습니다. 그 광
포한 무리들은 폐하에 대해 잔학한 절멸전을 맹세하
고, 지옥의 무기로써 이를 이끌고 있습니다. 추기경의
교구인 랭스에 병기창을 두고, 번득이는 칼날을 갈고
있습니다. 그곳에서 국왕시해의 교육을 시키고 ― 그
곳으로부터 이 섬에 밀사를 보내느라 분주합니다. 광
신적 결사대를 갖가지 옷으로 변장시켜서요 ― 그곳
에서 이미 세번째 암살자가 출발했습니다. 그리고 끝
도 없이 매차례 또다른 자객들을 그 골짜기에서 줄지
어 만들어 내고 있습니다. ― 이 포더링헤이 성에 영
원한 전쟁의 여신 아테9)가 앉아서 애욕의 횃불로 이
나라에 불을 지르고 있습니다. 교태를 부리며 모두에
게 희망을 주고 있는 그 여자 때문에, 젊은이들이 뻔
한 죽음에 몸을 던지고 있습니다 ― 그녀를 해방시키
는 것이 그들의 구호이고, 그녀를 왕좌에 앉히는 것이
그들의 목표입니다. 그도 그럴 것이 이 로렌의 가문은
폐하의 신성한 왕권을 인정하지 않으니까요, 폐하를
그저 횡재한 왕위찬탈자라고 하고 있죠!. 그자들이
바로 그 멍청한 여자를 꼬드겨, 잉글랜드 여왕을 자처
하게 만든 자들이죠.10) 그 여자나 그 일족과는 화해

---

8) 마리아의 삼촌 프랑수아 귀즈의 세 아들: 로렌(로트링엔의 프랑스식 표
   기)의 영주 앙리와 샤를 귀즈, 루이 귀즈.
9) 그리스 신화에서 불화의 여신. 제우스와 장님의 여신 에리스 사이의 소생.
10) 마리아 슈트아르트가 1558년 프랑수아와 결혼하여 프랑스의 왕녀가
    되었을 때 그녀의 문장 한 구석에 잉글랜드의 문장도 같이 새겨졌다. 마

가 불가능합니다! 일격을 당하시든지, 일격을 가하든
지 해야 합니다. 폐하의 삶은 그녀의 죽음이오! 그녀
의 죽음은 폐하의 삶입니다!

엘리자벳 경! 그대는 정녕 슬픈 직책을 맡으셨군요. 내
그대 열정의 순수한 충동을 압니다. 그대 안의 출중한
지혜의 소리를 내 모르지 않습니다. 하지만 유혈을 요
구하는 이 지혜, 나는 그것을 마음속 깊이 증오합니
다. 좀더 온건한 대책을 강구해 보시오 — 경애하는
슈르스베리 백작! 그대의 생각을 들어 봅시다.

탈 봇 폐하께서는 벌리 경의 충정을 용솟음치게 하는 그
열정에 합당한 칭찬을 하셨습니다 — 제 비록 그 정
도로 청산유수 달변은 못 되지만, 가슴 속은 그에 못
지 않은 충정으로 고동치고 있습니다. 폐하, 부디 오
래도록 살아 계셔서, 백성들의 기쁨이 되어 주옵소서,
이 왕국이 평화의 행운을 더 오래 누리게 하소서, 왕
들이 이 나라를 통치한 이래, 이 섬나라가 이처럼 행
복한 땐 없었습니다. 이 나라의 행복을 위해 명예를
팔지 마시옵소서! 그런 일이 일어난다면, 적어도 이
탈봇의 눈을 영원히 감게 해 주소서.

엘리자벳 하느님이 우리의 명예를 지켜 주시리라!

탈 봇 그러시다면, 이 왕국을 구하기 위해, 다른 방법을
강구하시겠군요 — 슈트아르트가 여인의 처형은 부당
합니다. 폐하의 신하가 아닌 그녀에게 폐하께서 심판
을 내리실 수는 없습니다.

리아가 동시에 잉글랜드의 왕위계승자임을 선언한 셈이다.

엘리자벳 그렇다면 국무위원들과 의회가 잘못하는 거군요, 만장일치로 내게 이 권리를 승인한, 이 나라의 모든 재판정이 오류를 범하고 있소.

탈 봇 목소리의 다수가 정의의 시금석은 아닙니다. 잉글랜드가 전 세계는 아닙니다, 폐하의 의회가 인류의 통합체는 아니지요. 오늘의 잉글랜드가 미래의 잉글랜드는 아니지요. 과거가 현재가 되지 않듯이 말입니다. 성향이 바뀌듯이, 변화무쌍한 심판의 파도는 오르락내리락합니다. 불가피한 요구에, 그리고 백성의 강요에 굴복할 수밖에 없노라고 말하지 마십시오. 폐하가 원하시기만 하면 어느때고, 의지의 자유를 시험해 보실 수 있습니다. 시도해 보십시오! 유혈을 혐오하신다고 선포하십시오, 혈친의 목숨을 살려 주기를 원한다고 말씀하십시오. 폐하께 다른 충고를 하려는 사람들에게, 국왕의 진노라는 본때를 보이십시오. 그러면 그 불가피성이란 것이 사라지고, 정의였던 것이 불의로 변한 것을 금방 보시게 될 것입니다. 당신 자신이 심판을 내리셔야 합니다, 오로지 당신께서. 끊임없이 흔들리는 갈대에 의지하지 마십시오. 안심하고 폐하의 온유한 천품을 따르십시오. 하나님이 여성의 부드러운 가슴에 내리신 것은 강경함이 아닙니다 — 또한 여성에게도 통치권을 허락한 이 나라의 건설자들이 보여 준 것도, 바로 이 나라에서는 강경함이 제왕의 부덕이 되지 않는다는 것이었죠.

엘리자벳 슈루스베리 백작은 내 적에게도 이 나라에게도

똑같이 열렬한 변호인이군요. 하지만 나는 나의 평안
을 사랑하는 충고를 더 좋아하지요.

탈 봇 그녀에겐 변호인이 허락되지 않았습니다. 감히 그
녀편에 서서 말하다가 폐하의 분노를 사려 하지 않습
니다. 하오니 저에게, 죽을 날이 가까워 지상의 욕망
에 흔들리지 않을 이 늙은이에게, 허락하옵소서, 그
버림받은 여인을 보호하는 일을. 폐하의 국무회에 욕
정과 이기심의 목소리만 있고 자비가 입을 다물고 있
다는, 그런 소리가 나게 해서는 안 되옵니다. 모두들
똘똘 뭉쳐 그녀를 적대하고 있습니다. 폐하는 심지어
그녀의 얼굴조차도 본 적이 없으시고요. 그 낯선 여인
에 대해 폐하가 무슨 감정이 있겠습니까? — 그녀의
과실을 비호하자는 말이 아닙니다. 그녀가 자기 남편
을 살해하게 했다고들 합니다. 그녀가 그 살인자와 혼
인한 것도 사실입니다. 엄청난 범죄이지요! — 허나
그것은 불행한 어둠의 시절에 일어난 일이죠. 다가오
는 내란의 불안 속에서, 격렬하게 덤비는 신하들에 둘
러싸인 자신을 보고, 나약한 여인이, 용감무쌍한 남자
의 품에 몸을 맡긴 것입니다. 어떤 책략에 정복당했는
지 누가 알겠습니까? 여자란 연약한 손재이니까요.

엘리자벳 여자는 연약하지 않아요, 여자에겐 강인한 정신
이 있소 — 내 앞에서 여자가 연약하다는 말씀은 말
았으면 좋겠군요.

탈 봇 폐하의 불행은 강인함을 가르쳐 준 스승이었죠. 삶
이 당신을 향해 기쁨의 얼굴을 보여 준 적은 없었죠.

당신께 보였던 것은 저 멀리 왕좌가 아니라, 발밑에
무덤뿐이었죠. 우드스톡에서, 다음엔 컴컴한 런던탑
에서, 이 나라의 자비로운 부왕이 당신께 고난을 통해
최초의 의무를 가르쳐 주었죠.11) 그곳에서 당신을 찾
아온 사람들은 아첨자가 아니었죠. 당신은 허황스런
세상 소음에 한눈 팔지 않고 정신을 가다듬고, 내면을
성찰하고, 인생의 참된 자산을 평가하는 방법을 배웠
죠 ― 그 가련한 여인에겐 구원의 신이 없었어요. 어
린 나이에 프랑스에 옮겨져, 경조부박한 쾌락의 궁정
에서 자랐죠. 영원한 도취의 향연 속에서, 진실의 엄
숙한 목소리를 들을 수 없었죠. 악의 광채에 눈이 멀
어 파멸의 폭풍에 계속 끌려다녔죠. 그녀에겐 허황된
미의 자산이 주어졌죠, 꽃같은 자태로 단연 모든 여성
들을 압도했습니다, 혈통에 못지않게 그 자태로써….

엘리자벳 정신을 좀 차리시구려, 슈르스베리 경! 여기가
엄숙한 국무회의장임을 잊지 마시오! 노인에게 그같
은 열정의 불길을 당기다니, 그녀에게 대단한 매력이
있는 모양이군요. ― 레스터 경! 당신만 아직까지 침
묵하고 계신데? 저분을 달변으로 만든 것이, 그대의

---

11) 헨리 8세는 자기 딸인 엘리자벳을 서녀로 선포하고 그녀의 왕위계승권
을 박탈하였다. 그러나 그녀를 우드스톡과 런던탑에 가둔 것은 그녀의
이복언니이자 헨리 8세의 장녀인 스페인의 매리 왕녀이다. 매리는 집권
기(1553~58)에 개신교도들이 엘리자벳을 추대하여 봉기를 일으키는
것을 두려워하여 그녀를 유폐시켰다. 1554년 5월에 런던 동부 구역의
탑에, 이어 1555년 4월까지는 런던 북서쪽 옥스포드 구역의 우드스톡
영지에. 작가가 역사적 사실을 혼동하고 있는 것으로 여겨진다.

혀를 묶어 버린 건가요?

레스터 놀라서 말이 나오지 않습니다, 여왕폐하! 당신의 귀를 놀람에 차게 하다니, 런던 골목에서 귀얇은 서민들을 겁주는 이 동화 같은 이야기가 폐하의 국무회의에까지 올라와 회자되고, 이지적인 남자들을 심각해지게 하는 걸 보니 말입니다. 기이한 생각이 드는 것을 고백하지 않을 수 없군요. 나라도 없는 스코틀랜드 여왕이 작은 왕좌조차 건사하지 못하고, 봉신들의 조소거리가 되어, 자기 나라에서 추방된 몸이 갑자기 감옥에서 폐하의 두려움이 되다니 말입니다! — 맙소사! 무엇이 그녀를 당신의 두려움이 되게 했나요? 그녀가 이 나라를 요구하고 있는 것 때문인가요? 귀즈 가문이 당신을 여왕으로 인정하지 않기 때문인가요? 귀즈 가문의 반대가 폐하로부터 혈통의 권리를 박탈할 수 있답니까? 의회의 결의로써 폐하께 확인된 권리를 말입니다. 헨리왕의 유언으로써 암묵적으로 그녀의 권리가 부인된 것 아닌가요? 그리고 새로운 빛을 누리며 행복에 찬 잉글랜드가 교황파 여인의 품에 몸을 던지겠습니까? 경배의 대상인 그대 폐하로부터 다안리의 살인자에게 달려가겠느냐 말입니다. 저 광포한 자들이 원하는 게 무엇입니까? 살아계신 당신을 두고 계승자를 운위하며 괴롭히지 않나, 일찌감치 폐하의 혼인을 성사시켜 나라와 교회를 위험에서 구할 줄을 아나! 폐하가 젊음의 꽃을 피우지 못하고 있다면, 그녀는 매일 무덤을 향해 시들어 가고 있는 게 아

닌가요? 하늘에 맹세코! 바라옵건대, 당신께선 그녀
보다 훨씬 오래 살아서 그녀의 무덤을 밟게 될 것입
니다. 당신이 친히 그녀를 밀어뜨릴 필요도 없이!

벌 리   레스터 경이 이러지는 않았는데?

레스터   맞는 말이오, 난 재판정에서 그녀의 사형에 표를
던진 몸이오. ― 그러나 이 국무회의에서는 달리 말하
고 있는 것이오. 법이 아니라 득실의 문제를 논하고 있
는 것이오. 지금이 그녀를 두려워할 때인가요? 유일한
비호세력인 프랑스가 그녀를 버린 마당에, 폐하께서
프랑스 왕자에게 혼약의 은총을 내리려 하는 순간에,
새로운 왕통이 이 나라에 피어 오르려는 순간에 말입
니다. 자, 뭣 때문에 그녀를 죽이죠? 그녀는 이미 죽
은 몸입니다! 멸시야말로 진정한 죽음인 것이죠. 연민
으로 그녀를 다시 살리지나 않도록 하십시오! 그러니,
내 생각인즉슨 이렇습니다   그녀에게 교수형을 내린
채로 두는 겁니다. 그녀를 살려 두죠 ― 하지만 형리의
도끼 아래서죠. 그리고 누구든 그녀를 위해 무장하는
자가 있으면, 즉시 도끼가 떨어지게 하는 것이죠.

엘리자벳   (일어나며) 경들의 의견은 잘 들었소. 그대들의
열정에 감사드리오. 왕들을 빛으로 인도한 하나님의
도움으로, 내 경들의 논지를 검토해 보리다. 그리고
내게 최선으로 생각되는 것을 선택하리다.

제 4 장

기사 폴렛과 모티머 등장.

엘리자벳 아미아스 폴렛이 오시는군. 경애하는 폴렛 경, 무슨 소식이라도?

폴 렛 영예로우신 폐하! 제 조카가 길고 먼 여행에서 돌아와서 당신의 발 아래 엎드려, 젊은이의 맹세를 올립니다. 그를 자비롭게 거두어 주시고 당신 은총의 햇볕 속에 자라게 해 주옵소서!

모티머 (한쪽 무릎을 꿇는다) 여왕폐하, 만수무강하옵소서! 행운과 영예의 왕관을 길이 입으소서!

엘리자벳 일어나시오. 잉글랜드에 온 것을 환영하오. 그대는 대장정을 했지요, 프랑스·로마를 여행하고, 랭스에도 머물렀다죠. 적들이 무슨 음모를 꾸미고 있는지 말해 보구려.

모티머 신이 그들을 혼란시켜, 우리 여왕을 향해 겨눈 화살이 그들 사수의 가슴을 향해 되돌아가게 하소서!

엘리자벳 모간과 만나 보았소? 그 모사꾼 로스 주교도.

모티머 저는 추방당한 스코틀랜드인들과 전부 교제를 나누었습니다. 그자들은 랭스에서, 이 섬을 공략할 무기를 갈고 있습니다. 저는 그들 음모 속에서 무언가 알아 낼까 해서, 그들의 신뢰를 받고 잠입했습니다.

폴 렛 이애에게 비밀문서를 맡겼답니다. 스코틀랜드 여왕에게 보내는 암호문인데, 얘가 제게 그것을 넘겨 주었죠.

엘리자벳 가장 최근의 음모를 말해 보오!

모티머 그들 모두에게 청천벽력같은 소식은, 프랑스가 그녀를 버리고 잉글랜드와 굳건한 동맹을 맺는다는 것이었습니다. 이제 그들은 스페인에 희망을 걸고 있습죠.

엘리자벳 왈싱햄도 내게 그렇게 써 보냈더군.

모티머 게다가 식스터스 교황이 폐하를 탄핵하는 칙서를 내렸답니다.12) 제가 랭스를 떠날 때 그게 막 도착했습니다. 다음번 배로 이 섬에 도착할 것입니다.

레스터 그따위 무기에 잉글랜드가 더이상 떨지는 않아.

벌 리 광신자들의 손에 들어가면 무서운 무기가 되지.

엘리자벳 (모티머를 탐색하듯 뜯어보며) 그대가 랭스에서 학교를 다니면서 자신의 신앙을 저버렸다는 비난이 있던데?

모티머 부정하지 않습니다. 짐짓 그런 척 했을 뿐이죠. 폐하를 섬길 욕심으로 거기까지 간 거죠!

엘리자벳 (폴렛이 서류를 건네자) 가져오신 게 무엇이오?

폴 렛 서신입니다, 스코틀랜드 여왕이 폐하께 보낸.

벌 리 (황급히 손을 내밀며) 그 편지 이리 주오.

폴 렛 (서류를 여왕에게 준다) 용서하시오, 재상! 직접 여왕 폐하의 손에 넘겨 주라는, 지시를 그녀에게 받았소. 그녀는 내게 늘상 말하죠, 내가 자기의 적이라고. 나

---

12) 엘리자벳에 대한 로마교황청의 파문칙령은 맨처음 교황 피우스 5세 (1566~72)에 의해 내려졌고(1570), 이어 식스터스 5세 (1585~90)에 의해 재차 내려졌다.

는 다만 그녀의 패덕을 증오할 뿐이오. 내 의무에 어긋나지 않는 것이라면, 기꺼이 이행해 줄 것이오. (여왕이 편지를 받아 든다. 그녀가 읽는 동안, 모티머와 레스터가 은밀히 몇 마디를 나눈다)

벌 리 (폴렛에게) 그 편지에 무슨 말이 씌었겠소? 공연한 넋두리겠지! 그것 때문에 여왕의 여린 마음이 다치지 않도록 보호해야 하오.

폴 렛 편지 내용이 무엇인지, 그녀는 내게 숨기지 않았소. 그녀는 여왕의 알현을 간청하고 있소.

벌 리 (재빨리) 절대로 안 되지!

탈 봇 왜 안 되죠? 그녀가 부당한 탄원을 하는 것도 아닌데.

벌 리 여왕을 알현할 은총을 그녀는 스스로 상실한 것이오. 여왕의 피에 목말라서 살인을 교사한 여자가 아니오? 여왕께 충정을 가진 자라면, 그릇된 배반의 간언을 하지는 못할 것이오.

탈 봇 여왕께서 그녀의 청을 들어 주려 한다면, 경은 그 온유한 자비의 충동을 막을 생각이십니까?

벌 리 그녀는 유죄판결을 받은 몸이오! 그녀의 머리는 도끼 아래 놓인 것이오, 여왕께서 사형수의 머리를 보시는 것은 품위있는 일이 못 되오. 여왕이 그녀에게 다가가면 판결은 집행되지 못할 것이오. 여왕의 출현은 곧 자비를 뜻하니까.13)

엘리자벳 (편지를 읽고 나서 눈물을 닦으며) 인간이란 무엇인

---

13) 잉글랜드 속담에 "국왕의 얼굴은 자비를 내린다 King's face makes grace."라는 말이 있다. 국왕이 죄수를 친히 보고 흔히 사면의 영광을 내려왔던 전통이 있었다.

가! 지상의 행복이란 무엇인가! 그토록 의기양양하게
출발한 왕녀가, 어떻게 여기까지 오게 되었는가! 기
독교 세계의 가장 유서깊은 왕좌14)에 부름받고, 제단
에는 이미 세 나라의 왕관15)을 머리에 썼다고 여겼
던 왕녀가 아니었던가! 잉글랜드의 문장을 두르고,
궁정 아첨배들로부터 브리튼 섬의 여왕으로 불리던
그때와지금 그녀의 목소리는 얼마나 다른가! — 용서
하시오, 경들! 가슴이 메이는 것 같소. 비통함에 사로
잡혀 피눈물이 나옵니다. 속세의 것은 안전한 게 없다
오, 끔찍한 인간의 운명이 그렇게 가까이 내 머리를
스쳐가고 있으니 말이오.

탈 봇 오 폐하! 하나님께서 폐하의 마음을 움직이셨군요.
하늘의 인도에 귀를 기울이소서! 사실 그녀는 중죄를
크게 참회하였습니다. 이제는 혹독한 시련을 마감할
때입니다! 그녀에게 손을 내미소서, 나락에 빠진 그
녀에게! 천사의 광채처럼 무덤 같은 감옥의 밤 가운
데 강림하소서!

벌리 흔들리지 마십시오, 위대하신 여왕폐하! 인간의 감
정은 찬양할 만하나, 그 그릇된 인도를 따르지 마시옵
소서. 자신에게서 필연을 이행하는 자유를 박탈하지
마십시오. 폐하는 그녀를 사면할 수도, 구제할 수도
없습니다. 당신이 잔인한 승리의 미소를 띄고 제물을

---

14) 게르만의 프랑크 부족의 영수 클로드비히가 496년 기독교로 개종하고
   프랑스 땅에 메로빙 왕조를 열게 된 사건.
15) 프랑스·잉글랜드·스코틀랜드의 왕관

바라보며 즐거워했다는 가증스러운 비난을 입지 마십
시오.

레스터 여러분, 우리 영역을 벗어나지 맙시다. 여왕은 현
명하신 분이십니다. 가장 고귀한 것을 택하는데 우리
의 조언이 꼭 필요한 것은 아닙니다. 두 분 여왕의 회
동은 법정심리완 상관없는 일입니다. 마리아 왕녀에
유죄판결을 내린 것은 잉글랜드의 법일지언정, 여왕
의 뜻은 아닙니다. 그분께서 아름다운 마음의 충동을
따르시는 것은 관대하신 엘리자벳 여왕다우신 일입니
다. 법은 법대로 엄격하게 이행되는 것이고요.

엘리자벳 물러들 가십시오, 경들. 무슨 방도가 있을 겁니
다. 자비가 요구하는 것, 필연성이 부과하는 것, 그것
들을 융합시킬 수 있는 방도가 있겠죠. 자 ― 물러들
가십시오! (대신들이 물러난다. 문에서 여왕은 모티머를 불
러 세운다) 모티머 경! 잠깐 한 마디만!

제 5 장

엘리자벳, 모티머.

엘리자벳   (얼마동안 탐색하는 듯한 시선으로 그를 뜯어본 다음)
그대는 담대하고, 그 연령에는 보기 드문 자제력을 지
닌 청년이오. 일찍이 막중한 술책을 실행해 본 사람은
나이보다 성숙하게 마련이죠. 그래서 자신의 시험기
간을 단축시키죠. — 운명이 그대를 탄탄대로로 부르
고 있소. 그대에게 예언하건데, 나는 신탁을 집행하
여, 그것이 그대의 행운이 되게 하겠소.

모티머   지존하신 군주시여, 저의 능력, 저의 존재는 오로
지 폐하를 위해 바쳐진 것입니다.

엘리자벳   그대는 잉글랜드의 적들과 교제를 텄소. 나에
대한 그들의 증오는 누그러질 수 없는 것이고, 그들의
유혈책동은 그치지 않을 것이오. 아직까진 전능자가
나를 보호해 주셨지만, 내 머리의 왕관은 영원히 불안
정하오. 그녀가 살아 남아, 광신자들에게 구실을 주고
기대를 키워 주는 한.

모티머   폐하가 명령만 내리시면, 그녀는 죽은 몸이 되옵
니다.

엘리자벳   오, 모티머 경! 난 이미 목적지에 거진 다가왔
다고 믿었는데, 사실은 출발지에서 한 발짝도 나가지
못한 것이오. 난 법이 진행되는 대로 두고보고 싶었

소. 내 손을 피에 더럽히고 싶지 않았소. 판결은 났
소. 그런데 내가 얻은 것은 무엇이오? 판결이 집행되
어야 하오, 모티머 경! 그 집행명령을 내려야 하는 사
람이 나란 말이오. 악역은 언제나 내 몫이오. 내가 그
일을 승인해야 하니, 꼴이 뭐가 되겠소. 이보다 더 끔
찍한 일이 어디 있겠소!

모티머 정당한 일을 하는데 모양새가 무슨 걱정입니까?

엘리자벳 기사양반, 세상물정을 모르시는군요. 겉모습을
보고 판단하지, 참모습을 보고 판단하는 사람은 없어
요. 누구에게도 나의 정당함을 확신시킬 수는 없어요.
그래서 그녀의 죽음에 대해 내가 관여한 부분을, 영원
한 미궁에 남겨 놓아야겠다는 생각이 들었소. 그런 애
매모호한 일은 어둠 속에서 처리하는 것이 가장 안전
하죠. 최악의 경우 자백을 하게 되더라도, 단념치 않
고 끝까지 버티면, 결코 문제는 없죠.

모티머 (무슨 말인지 타진하려는 듯) 그렇다면 최상의 길은 ―

엘리자벳 (재빨리) 예, 바로 그게 상책이죠. 오, 나의 착한
천사가 그대를 통해 말씀하고 계시는군요. 계속하세
요, 말씀을 마저 하세요, 내 소중한 모티머 경! 진지
한 분이시여, 그대는 문제의 핵심을 짚으시는군요. 그
대의 삼촌과는 아주 딴판이군요 ―

모티머 (놀라며) 삼촌께 폐하의 소망을 밝히셨단 말입니
까?

엘리자벳 그랬던 게 후회스럽소.

모티머 나이드신 분이니 용서하십시오, 나이가 그분을 주

저케 한 것입니다. 그런 모험엔 젊은이의 대담성이 필
요하죠 —

엘리자벳 (재빨리) 당신한테 맡기다면 —

모티머 폐하를 돕겠습니다. 폐하의 명성을 최대한 지키십
시오 —

엘리자벳 그러죠, 경! 어느날 그대가 나를 깨워, 이런 소
식을 전해 준다면. "마리아 슈트아르트, 당신의 철천
지 원수가 어젯밤 숨을 거뒀습니다!"

모티머 저를 믿어 주옵소서.

엘리자벳 언제쯤 내가 베개를 편히 하고 잘 수 있겠소?

모티머 다음번 초승달이 떠오를 때면, 폐하의 두려움도
끝날 겁니다.

엘리자벳 — 잘 되길 바라오, 경! 내 감사의 마음을 검은
베일 속에 감출 수밖에 없게 되더라도, 서운해하지 마
시오 — 침묵은 행운아의 신이지요. 가장 긴밀한 끈
은, 가장 다정한 끈은 비밀의 끈이라오. (퇴장한다)

제 6 장

모티머만 홀로 남아 있다.

모티머   꺼져라, 이 거짓투성이 위선자 여왕아! 당신이 세상을 속이듯이 내가 당신을 속이리라. 당신을 배신하는 일은 정당하다, 옳은 일이고말고! 내가 살인자로 보이는가? 내 이마에 극악무도함이 씌어 있던가? 내 팔만 믿고 당신 것은 접어 놓으시지. 세상엔 경건스럽게 위장한 모습을 내밀고, 비밀리 나를 통해 살인자의 도움을 기대하라지. 이렇게 해서 우리는 그녀를 구출할 시간을 버는 것이다! 당신은 나를 추켜 올리고 — 멀리서 값비싼 상급을 의미있게 내 보이겠지 — 하지만 당신 자신을 상급으로 준다 한들, 여인의 총애를 준다 한들! 당신이 누구인가, 불쌍한 여인이 무엇을 줄 수 있단 말인가? 허황된 공명으로 나를 유혹하지 못하리라! 오직 그녀와 함께 하는 곳에만 삶의 매력이 있다 — 그녀 주위엔 영원한 기쁨의 노래가 넘치고, 우미의 신들과 청춘의 희열이 있다. 천상의 행복이 그녀의 가슴에 있다, 하지만 엘리자벳, 당신이 줄 수 있는 것은, 생명없는 물건들일 뿐! 삶을 장식하는 최고의 것 — 마음과 마음이 황홀함을 주고받으며, 감미로운 무아경에 잠기는 그것 — 그같은 여인의 왕관을 당신은 결코 지닌 적이 없다. 단 한번도 당신은 남자를 사랑으로 행복하게 해 준 적이 없다. — 나는 지금 레스터 경을 기다려야 해, 그녀의 편지를 전해야 한다. 이 무슨 증오스러운 과제인가! 그 대신에겐 마음이 끌리지 않아. 내 스스로도 그녀를 구할 수 있다, 나 혼자서. 위험도 명성도, 그리고 상급도 내것이 되게 하리라! (나가다가 폴렛과 마주친다)

제 7 장

모티머, 폴렛.

폴 렛   여왕께서 너에게 뭐라고 말하시더냐?

모티머   아무말도요, 삼촌. 별 중요한 이야기는 아니었어
　　　요.

폴 렛   (그를 뚫어지게 쳐다보며) 잘 들어라, 모티머! 넌 지금
　　　아주 미끄러운 바닥을 걸어가고 있다. 여왕의 총애는
　　　매혹적이지, 젊은이는 명예를 좇기 마련이고 ― 공명
　　　심으로 길을 잘못 들지는 말아라!

모티머   저를 궁전에 데리고 온 것은 바로 삼촌이 아니셨
　　　나요?

폴 렛   그러지 말걸 그랬다. 궁정에서 우리 가문이 명예를
　　　얻은 적은 없었다. 흔들리지 말아라, 내 조카야. 비싼
　　　값을 치르지 말아라! 너의 양심을 훼손하지 말아라!

모티머   무슨 생각을 하시는 거예요? 걱정하시는 것이 뭡
　　　니까!

폴 렛   제아무리 크게 너를 키워 준다고 여왕이 약속해도,
　　　그녀의 교언을 믿지 말아라. 일단 네가 그 명을 따르
　　　고 나면, 여왕은 너를 버릴 것이다. 그리고 자기 이름
　　　을 깨끗이 씻으려고, 바로 자기가 명한 유혈행위를 복
　　　수로 갚을 것이다.

모티머   유혈행위라뇨?

폴 렛 딴청부리지 마라! 여왕이 네게 무슨 제안을 했는지
알고 있다. 명예욕이 강한 젊은 네가 이 완고한 늙은
이보다 더 고분고분하리라고 믿으시겠지. 여왕께 약
속했느냐? 약속했느냐구?

모티머 아, 삼촌!

폴 렛 그랬다면 너를 저주할 것이다. 너를 버리겠노라 —

레스터 (들어오며) 존경하는 폴렛 경, 조카분과 한 마디 나눠
도 되겠소? 여왕께서는 조카분이 마음에 드신 모양이
오, 그에게 슈트아르트가 왕녀의 감호를 전담케 하시려
한답니다. 여왕은 그의 신실함을 신뢰하시어서 —

폴 렛 신뢰하신다 — 네, 좋군요!

레스터 무슨 말이죠, 경?

폴 렛 여왕께서는 저애를 신뢰하시고, 그러면 나는 말이
오, 내 자신을, 그리고 이 두 눈을 의지할 것이오. (퇴
장한다)

제 8 장

레스터, 모티머.

레스터 (이상해하는 표정으로) 저 기사양반이 왜 저러죠?

모티머 모르겠습니다. 여왕이 제게 베푼 신뢰가 뜻밖의 것이라서일까요?

레스터 (그를 뜯어보며) 기사양반, 당신은 신뢰할 만한 사람이오?

모티머 (똑같은 태도로) 내가 하고 싶은 질문이오, 레스터 경!

레스터 내게 은밀히 할 말이 있다고 했죠?

모티머 우선, 내가 그걸 감행해도 된다는 것을 확신시켜 주시오.

레스터 당신을 누가 보장해 주오? 내가 못 믿는다고 언짢아하지 마시오! 당신이 이 궁정에서 두 얼굴을 내보이는 것을 보았소 ― 그 중에 하나는 분명히 가짜인데, 그런데 어느것이 진짜 얼굴이오?

모티머 당신도 마잔가지요, 레스터 백작!

레스터 그렇다면 누가 먼저 신뢰의 물꼬를 터야 할까?

모티머 더 작은 일을 감행할 사람이겠죠.

레스터 그래! 그건 당신이오!

모티머 당신이죠! 당신처럼 막중한 대신의 증언은 나같은 것쯤은 땅바닥에 박살을 낼 수가 있지요. 내 증언은 당신 지위와 신임 앞에서 쪽도 못 쓸 것이오.

레스터 착각이오, 경. 이곳에서 나는 모든 점에서 실력자이오, 그러나 한 가지 취약한 부분 — 내 당신을 믿고 터놓겠지만, 나는 이 궁정에서 가장 약자요, 아주 하찮은 증거만으로도 나는 파멸이오.

모티머 무소불위의 레스터 백작께서 제 앞에서 그렇게 자신을 낮추시고 그같은 고백을 하시니, 제 스스로를 약간 더 높게 평가해도 되겠군요. 그리고 관대하게 시범을 보여 드려야겠군요.

레스터 우선 나를 믿으시오, 그러면 그대를 따르리다.

모티머 (불쑥 편지를 꺼내며) 스코틀랜드 여왕이 당신께 보낸 것이오.

레스터 (움찔 놀라서 다급히 편지를 거머쥐며) 목소리를 낮추시오, 경! — 이것이 무엇인가? 오! 그녀의 사진이구나! (사진에 입을 맞추고 바라보며 황홀감에 사로잡혀 입을 열지 못한다)

모티머 (편지를 읽는 그를 예의주시한다) 레스터 경, 이제 당신을 믿으리다!

레스터 (재빨리 편지를 읽고 나서) 모티머 경, 이 편지의 내용을 아시겠죠?

모티머 아무것도 모르오.

레스터 그래요? 그녀가 당신에게 분명히 털어 놨을 텐데 —

모티머 내게 아무말도 토로하지 않았소. 당신이 내게 이 수수께끼를 풀어 줄 거라 하셨소. 그것이 내게 수수께끼요, 레스터 백작, 엘리자벳의 총신이고 마리아의 적임을 공언한 당신이, 그래 그녀의 판관 중의 한 사람이, 바로 그녀가 역경 속에서 구원의 희망을 거는 남자라니. 하지만 틀림없군요, 당신의 눈이 너무나 분명히 말하고 있소, 당신이 그녀에게 느끼는 감정을.

레스터 우선 당신이 어떻게 해서 그녀의 운명에 열렬하게 동참하게 됐는지 말해 주구려, 그리고 어떻게 그녀의 신뢰를 얻게 됐는지도!

모티머 백작, 간단한 이야기요. 난 로마에서 내 종교를 버리겠다고 맹세했소. 그리고 귀즈 가문과 손을 잡았소. 랭스 대주교의 편지로 스코틀랜드 여왕이 날 믿게 됐지요.

레스터 당신의 개종에 대해선 알고 있소. 그것은 당신을 내가 신뢰할 수 있게 해 준 것이기도 하죠. 손을 이리 주오, 의심했던 것을 용서해 주시오. 내가 조심 천만일 수밖에 없는 것은 왈싱햄과 벌리가 나를 미워하고 있기 때문이오. 그자들이 내게 덫을 쳐 놓고 숨어 있는 것을 알고 있소. 당신이 그자들의 사람이고 내게 덫을 씌우기 위해 그자들이 만든 도구일지도 모른다고 생각했소.

모티머 이처럼 용렬한 처신을 궁정의 막강한 대신이 하고 계시다니! 백작, 안됐구려!

레스터 이제 다정한 친구의 가슴에 몸을 맡겨 기쁘오. 마침내 오랜 압박을 털어 버리게 됐소. 당신은 이상하게 여길 것이오, 내가 마음을 그렇게 급히 바꾼 것을. 사실 나는 그녀를 증오한 적이 없소 — 시대가 나를 그녀의 적이 되도록 강요한 것이죠. 여러해 전에 그녀는

나의 배필이 될 뻔했소. 당신도 아실 게요, 그녀가 다
안리와 혼인하기 전이었소. 그때만 해도 지상의 광휘
가 그녀를 에워싸고 있었죠. 그당시 나는 이같은 행운
을 냉담하게 거부했죠.16) 그런데 이제는 감옥에서,
죽음의 문턱에서 그녀를 찾고 있소, 그것도 생명의 위
협을 무릅쓰고.

모티머   정말 관대하신 처사라고 하겠습니다!

레스터   ─ 그러는 사이에 정세가 변한 거요, 경! 나를 젊
음과 아름다움에 무감각하게 만들었던 것은 공명심이
었소, 그 당시 난 마리아의 손을 너무 왜소하게 여겼
었소. 잉글랜드 여왕을 소유할 꿈을 꾸고 있었으니까.

모티머   그녀가 어떤 남자보다도 당신을 총애했다는 것은
잘 알려진 사실이죠.

레스터   그렇게 보였죠, 친애하는 모티머 경 ─ 그런데 이
제 끈기있는 청혼과 지긋지긋한 구속의 십 년을 허송
으로 보내고 난 지금 ─ 오, 내 심장이 끓어 오르고
있소, 경! 이 오랜 불쾌감을 벗어 던져야겠소 ─ 사람
들은 날 행운아라고 하죠 ─ 나를 질시하는 사슬을
안다면 ─ 난 장장 십 년의 쓰라린 세월을 허황된 그
녀의 우상에 제물로 바치고, 술탄 같은 그녀의 변덕에

---

16) 1564년 마리아가 재혼 상대를 구할 때 엘리자벳은 자기 연인이던 레
스터를 추천했다. 마리아는 이를 거절하고 다안리를 택했다. 따라서 레
스터가 마리아의 청혼을 거부했다는 것은 역사적 사실과는 다르다. 레스
터는 마리아 재판의 판사단에 속했지만 포더링헤이에서의 협상과정에도
관여하지 않았고, 마리아의 처형장에도 배석하지 않았다. 마리아와의 연
사는 작가의 단순한 창작이다.

따라 노예처럼 비굴하게 굽신거리며, 그 자그마한 고집스런 변덕쟁이의 장난감이 되어, 금방 다정한 애무를 받았다가, 금방 차갑게 내쫓기곤 했죠. 그녀의 총애와 냉대가 똑같이 고통스럽소. 질시의 시선이 아르고스[17]의 눈처럼 나를 죄수처럼 감시했죠. 소년 다루듯 심문했다가, 하인 대하듯 나무라고 — 오, 이 끔찍한 지옥을 어찌 말로 다 형용하리요!

모티머 정말 안됐습니다, 백작!

레스터 이제 보상을 받게 되나 했는데, 착각이었죠! 다른 자가 와서 값비싼 청혼의 열매를 앗아가려 합니다. 관옥 같은 젊은 신랑감에게 난 오랜 세월 내 소유였던 권리를 잃은 것입니다. 오랫동안 일인자로 번쩍거리며 누볐던 그 무대에서 내려와야 할 판이오. 그 신참에게 그녀의 배우자 자리 뿐 아니라 그녀의 총애까지도 뺏길 판국이오. 그녀는 여자이고, 그자는 매력있는 남자니까.

모티머 그는 캐더린 왕녀의 아들이죠. 그러니 아첨하는 기술은 끝내 주게 배웠겠죠.

레스터 이렇게 해서 나의 소망은 무너지고 있습니다 — 난 이 행운의 난파선에서 붙잡을 널빤지를 찾고 있소. 그래서 나의 눈이 다시 최초의 아름다운 희망을 향하게 된 것이오. 마리아의 모습, 그녀의 눈부신 매력이 내 눈앞에 새롭게 나타났소, 아름다움과 젊음이 십분

---

17) 그리스 신화에서 수없이 많은 눈을 가진 거인. 잠잘 때에도 적어도 한 눈은 뜨고 있어서 아르고스의 눈은 '삼엄한 감시'를 뜻하는 용어가 되었다.

스스로의 권리를 회복한 것이죠. 난 차가운 공명심으로써가 아니라, 가슴으로 보게 됐어요. 그리고 내가 얼마나 대단한 보석을 잃었던가를 알게 됐죠. 그녀의 비참한 처지를 보니 끔찍했소. 내 과실로 저 아래 아래로 몰락한 그녀를 보고 말이오. 그때 내게 희망이 되살아났소, 내가 이제 다시 그녀를 구해 내서 가질 수 있을지 모른다는. 마침내 충복의 손을 통해 그녀에게 내 마음의 변화를 토로할 수 있게 됐다오. 그리하여 당신이 건네 준 이 편지에서 그녀가 약속하고 있소, 내가 그녀를 구해 내면, 자신을 내게 맡겨 보답하겠노라고.

모티머   하지만 당신은 그녀의 구출을 위해 아무것도 한 일이 없소! 그녀가 유죄판결을 받도록 내버려 두었고, 심지어는 당신의 표를 그녀의 처형에 던지기까지 했소! 이건 기적임이 분명해요 — 진리의 불빛이 나를, 그녀의 감호인의 조카를 움직이고 있는 것이오. 로마의 바티칸에서 하늘이 그녀에게 뜻하지 않은 구원자를 마련해 준 것이오, 그렇지 않았으면 그녀가 당신께 통하는 길을 찾지 못했을 테니까.

레스터   아, 모티머 경, 난 충분히 고통스런 댓가를 치렀소! 바로 이 무렵 그녀가 탈봇의 섬에서 포더링헤이로 이송되어 당신 삼촌의 삼엄한 감시 하에 맡겨졌소. 그녀에게 통하는 모든 길은 막혔고, 나는 세상 사람들 앞에서 그녀를 계속 박해할 수밖에 없었소. 하지만 내가 차마 그녀를 죽게 내버려 두었을 거라고 생각하진 마시오! 아니오, 내가 바랐던 것은, 그리고 지금도 바라고 있는 것은, 최악의 사태를 방지하는 것이오, 그녀를 구출할 방도가 나타날 때까지.

모티머 그 방법을 찾았소이다 — 레스터 백작, 고결하게도 당신이 저를 신뢰해 주신데 대한 합당한 응답이지요. 내가 그녀를 구출하겠소, 그 때문에 내가 여기 온 것이오, 모든 준비가 끝났소. 당신의 강력한 지원이 우리에게 성공의 행운을 보장해 줄 것이오.

레스터 무슨 소리요? 날 놀라게 하는 게요? 뭐, 당신 생각은 —

모티머 무력으로 감옥문을 열려고 하오. 동지들이 있소, 준비가 완료되었소 —

레스터 이 일을 아는 사람이 또 있다구! 맙소사! 무슨 무모한 짓에 나를 끌어 들이고 있는 게요! 그래, 그자들이 내 비밀까지도 알고 있소?

모티머 걱정마시오. 그 계획을 짤 때 당신은 없었으니까, 당신 없이도 집행이 되었을 게요, 그녀가 당신을 통해 구출되어야 한다고 주장하지만 않았더라면!

레스터 그래, 당신은 분명히 내게 보장할 수 있겠소, 그 결사대에서 내 이름이 언급되지 않았다는 것을?

모티머 믿으십시오! 왜 그리 의심쩍어 하오? 당신에게 도움이 되는 소식인데! 당신은 슈트아르트가의 여인을 구해서 소유하고 싶어했죠, 그래서 뜻하지 않게, 갑자기, 친구를 찾은 겁니다. 하늘에서 가장 손쉬운 방법이 당신에게 뚝 떨어진 것입니다 — 그런데도 당신은 기뻐하기보다는 안절부절 하는 모습을 보이니!

레스터 무력은 아니 되오! 그런 모험은 너무나 위험하오!

모티머 미루는 것도 마찬가지요!

레스터 모티머 기사! 내 말하겠는데, 모험할 일이 아니오.

모티머 (떫은 표정으로) 그러겠죠, 그녀를 소유하려 하는
   당신에게는! 우리는 다만 그녀를 구하고자 할 뿐이오,
   그래서 그렇게 소심하게 재지 않소이다 —

레스터 젊은이, 당신은 그 가시투성이 위험천만한 일에
   너무나 덤비는구려!

모티머 당신은 — 명예가 걸린 일에서 너무나 신중하구려!

레스터 내게는 우리를 에워싸고 있는 덫이 보이오!

모티머 내게는 그것들을 뚫어 헤칠 용기가 느껴지오!

레스터 당신의 용기는 무모한 광란일 뿐이오.

모티머 그 총명함은 용감성과는 거리가 멉니다, 백작.

레스터 바빙톤처럼 끝나고 싶어 안달이오?

모티머 용감한 노포크 공을 본받아 볼 생각도 없소?

레스터 노포크는 살아서 신부를 맞지 못했소.

모티머 하지만 그럴 자격이 있음을 증명했소.

레스터 우리가 망하면 그녀도 끝장이오.

모티머 우리가 몸을 사리면 그녀는 결코 구출되지 못하오.

레스터 당신은 깊이 생각도 않고, 말을 듣지도 않고, 다
   짜고짜 난폭하게 때려 부수려고만 하고 있소, 순탄하
   게 이끌어 온 일을 말이오.

모티머 순탄하게 이끌어 온 일이라 — 당신이 이끌어 왔
   소? 도대체 그녀를 구하기 위해 당신이 한 일이 무엇

이오? ― 그리고 또, 내가 여왕의 명대로 충분히 마리아를 살해할 녀석이었다 칩시다. ― 지금 이 순간에도 여왕은 내게 그걸 기대하고 있소 ―자, 그녀를 지키기 위해 당신이 무슨 일을 했는지 말해 보시오.

레스터 (깜짝 놀라서) 여왕이 당신에게 그런 살인명령을 내렸소?

모티머 마리아가 당신한테 속은 것처럼 여왕은 내게 속았소.

레스터 그러마고 약속했소? 그랬소?

모티머 여왕이 다른 사람을 매수하지 않게 하려고, 나의 손을 내밀었소.

레스터 정말 잘하셨소. 이것이 우리에게 좋은 기회가 될 수 있소. 여왕이 당신의 암살복무를 믿고 사형을 집행하지 않는 동안, 우리는 시간을 버는 거죠.

모티머 (조급하게) 아니오, 우리는 시간을 잃고 있소!

레스터 여왕이 당신을 신뢰하고 있소, 그런 만큼, 세상사람들에게 자비로운 모습을 과시하는데 주저하지 않을 것이오. 아마도, 내가 꾀를 내어 그녀를 설득하여 적의 얼굴을 보게 하면, 그러면 이 일이 분명 그녀의 손을 묶게 될 것이오. 벌리의 말은 맞소, 여왕이 마리아를 보게 되면, 형은 결코 집행되지 못할 게요. ― 그래요, 그렇게 해 보리다, 최선을 다해서.

모티머 그렇게 해서 뭘 얻겠다는 것이오? 마리아가 계속 살아 있게 되고, 여왕이 내게 속은 걸 알면 ― 모든 게 예전으로 돌아가는 게 아니오? 마리아는 결코 자유의 몸이 되지 못해요! 제아무리 잘되 보았자, 평생

감방신세일 뿐이오. 당신은 막판에 용감성을 발휘하
실 모양인데, 왜 지금 당장 그렇게는 못하오? 권력이
당신 손에 있소, 군대를 소집하시오. 당신 성들의 귀
족을 무장시킬 마음만 있다면! 마리아에겐 아직도 숨
어 있는 친구가 많소. 하워드와 페시의 귀족가문들,
비록 그 수장들은 몰락했지만 아직도 용사들이 많소,
그들의 열렬한 소망은 다만, 강력한 영주가 시범을 보
여 주는 것이오! 위장은 그만 집어치우시오! 앞에 나
서 행동하시오! 기사답게 사랑하는 여인을 지키시오,
그녀를 위해 고귀한 전쟁을 수행하시오, 원하기만 한
다면 당신은, 잉글랜드 여왕을 당신 사람으로 만들 줄
아는 사람이죠. 그녀를 당신 성으로 유인하시오, 그녀
가 당신을 따라 그곳에 간 적도 많았으니까. 그곳에서
그녀에게 당신이 남자임을 보이시오! 명령을 내리시
오! 슈트아르트 여인을 석방시킬 때까지 그녀를 엄호
하시오!

레스터   놀랍군요, 정말 무섭소이다 ─ 도대체 당신이 미
친듯 치닫는 곳이 어디요? ─ 여기가 어떤 나라인 줄
아시오? 이 궁정의 정황을 아시오? 이 여인왕국이 인
재들을 얼마나 단단히 묶어 놨는지를 아느냐고요! 일
찍이 이 나라를 누볐던 용사들을 한번 찾아 보시오.
모두가 저 아래 떨어져 갇혀 있소, 용기의 날개는 다
꺾인 채. 그리고 그 열쇠를 한 여인이 쥐고 있소. 나
를 따르시오, 무모한 짓 마시고! ─ 누가 오는 소리가
나는데, 어서 가시오!

모티머　마리아는 아직 희망을 갖고 있소! 그런 빈껍데기
　　　위로의 말이나 가지고 그녀에게 돌아가란 말이오?
레스터　그녀에게 내 영원한 사랑의 맹세를 전해 주시오!
모티머　당신이 직접 전하시구려! 난 그녀의 구출을 위한
　　　도구가 되겠다 나섰소, 당신 사랑의 심부름꾼이 아니
　　　오! (퇴장)

제 9 장

엘리자벳, 레스터.

엘리자벳 누가 여기 있다 갔죠? 누군가의 목소리를 들었
는데.

레스터 (그녀의 말에 놀라 재빨리 몸을 돌리며) 모티머 경이었
습니다.

엘리자벳 그런데 웬일이오, 경? 왜 그리 놀라오?

레스터 (정신을 가다듬고) — 당신의 모습 때문이지요! 이
렇게 매력적인 모습을 뵌 적이 없군요, 당신의 아름다
움에 눈이 부십니다. — 아!

엘리자벳 그런데 웬 한숨이오?

레스터 한숨 쉴 이유가 없다는 말씀이신가요? 매력적인
당신의 모습을 보고 있노라니, 이름할 수 없는 고통
이, 상실의 위협이 새롭게 돋아납니다.

엘리자벳 경이 잃는 게 무엇이오?

레스터 당신의 마음이죠, 바로 사랑스런 당신을 잃고 있
는 것이죠. 이제 곧 당신은 열정적인 젊은 신랑의 품
에 안겨 행복하실 게고, 그가 당신의 마음을 독차지할
테니까요. 그 사람은 왕가의 혈통이고, 나는 그렇지
않죠. 하지만 온세상에 대고 나와 보라 할 것이오, 이
지상의 어느 곳에 나보다 더 당신을 경애하는 남자가
있다면. 앙주 공작은 당신을 한 번도 본 적이 없어

요,18) 당신의 명성과 광휘를 사랑할 뿐입니다. 하지만 나는 당신을 사랑합니다. 당신이 가장 보잘것없는 양치기 소녀로 태어났더라면, 그리고 내가 이 세상의 가장 높은 군주로 태어났더라면, 나는 당신 자리에서 내려와, 나의 왕관을 당신의 발치에 바치겠습니다.

엘리자벳 나를 불쌍히 여겨 주오, 더들리, 나를 책망하지 말아요. ― 나는 가슴에 대고 물어 볼 수가 없어요, 아, 그랬더라면 다른 선택이 내려졌을 테니까요. 자기가 사랑하는 남자를 추켜 올릴 수 있는 다른 여인들이 부러울 뿐이오. 가장 소중한 남자에게 왕관을 씌어 줄 수 있을 만큼, 난 행복한 사람이 못 되오! ― 그 슈트아르트가의 여인에겐 그게 주어졌죠, 마음가는 남자에게 혼약의 손을 내미는 것이. 그녀에겐 모든 것이 허용되었어요. 그래서 가득찬 기쁨의 잔을 한껏 마셔 버렸죠.

레스터 이제는 고뇌의 쓴 잔을 마시고 있는 것이죠.

엘리자벳 그녀는 사람들의 이야기는 안중에도 두지 않았죠. 그녀에겐 삶이 수월하게 여겨졌죠, 내 멍에 같은 것을 진 적이 없었으니까. 나 또한 주장할 수 있었겠죠, 삶의 기쁨을, 지상의 쾌락을 누리겠노라고. 하지만 나는 군주로서의 엄격한 의무를 택했소. 그런데도 그녀는 모든 남성의 총애를 얻었소. 오로지 여자이기만을 애쓴 까닭이지요. 그래서 늙은이건 젊은이건, 온

---

18) 역사적 사실과는 다른 내용. 실제로 앙주의 프랑수아 공작은 두 차례
 나 엘리자벳을 만나 보았다.

통 그녀의 환심을 사려고 애쓰고 있죠! 그게 바로 남자들이죠, 모두 호색가들이죠! 경박한 희열을 좇아다니고, 마땅히 경배해야 할 것을 존중할 줄 모르죠. 탈봇을 보았죠? 그녀의 매력에 이야기가 이르자, 그 사람까지도 회춘하는 모습이지 않았소!

레스터 그 사람을 용서하십시오. 그는 한때 그녀의 감호인이었죠. 그 교활한 여자가 교언형색으로 그를 호린 겁니다.

엘리자벳 그런데 그녀가 그렇게 미인이란 게 사실이오? 내, 번번히 그 가면을 찬양하는 소리를 들어야만 했소만, 어디, 믿을 만한 소린지 알고 싶군요. 그림은 아첨하고, 표현은 거짓말을 하죠. 내 눈으로 직접 봐야만 믿겠소. — 왜 그렇게 이상스런 눈으로 나를 바라보시오?

레스터 저는 머리 속으로 당신과 마리아를 나란히 세워 보았습니다. — 솔직히 말해서 전 은근히 바랐습니다, 아무도 몰래 그 슈트아르트 여인과 당신이 마주 서 있는 것을 볼 수 있게 되기를! 그때야 당신께서 완전한 승리를 누리게 되실 테니까요. 그땐 그녀에게 굴욕감을 안겨 줄 수 있겠죠. 그녀가 자기 눈으로 보고 알게 될 테니까요 — 당신이 기품으로나, 또 여하한 덕성으로나 얼마나 자기를 압도하는지를. — 질투란 눈매가 매서운 법이죠.

엘리자벳 그녀는 나보다 젊죠.

레스터 젊다고요? 그렇게 볼 사람은 없을 겁니다. 물론 고통 때문이겠죠! 아마 나이보다 더 늙었을 것입니다. 그래요, 그녀를 더욱 상심케 할 게 있다면, 그것은 신부인 당신의 모습을 보는 겁니다! 그녀에게 삶의 아름다운 소망은 이미 떠나가고 없습니다. 당신이 행운을 향해 활보하는 것이 보이겠죠! 그것도 프랑스 왕자의 신부로서요! 그녀는 언제나 그렇게 자신만만하고, 프랑스 왕과의 결혼을 그렇게 자랑하고, 여전히 프랑스의 강력한 지원을 과시하고 있으니까요.

엘리자벳   (귀찮다는 듯 내뱉는다) 날더러 그녀를 만나 보라고 괴롭히고들 있죠.

레스터   (활기를 띠며) 그녀는 자비를 청하고 있습니다만, 그걸 허락하시면, 그것이 그녀에게는 형벌이 될 것입니다! 당신은 그녀를 피의 형장으로 끌고 갈 수 있습니다. 그편이 그녀에겐 고통이 덜할 것입니다, 당신의 매력 앞에서 자신의 소멸을 확인하는 것보다는요. 그녀가 당신을 살해하려 했듯이, 당신이 그녀를 죽이게 되는 것이지요. 그녀가 당신의 아름다움을 보게 되면, 명망으로 다져진 모습을 보면, 자기가 경박한 정욕을 위해 내팽개쳐 버렸던, 무흠한 미덕으로 영광스럽게 빛나는 당신을 보면 말입니다. 저 높은 곳에서 광채를 발하며, 거기에다 이제 신부의 아름다움으로 단장한 당신의 모습을 보는 순간, 그 순간은 그녀가 파멸의 일격을 받는 시간이지요. 예, 바로 제가 당신을 바라보고 있는 이 순간, 이 순간보다 더 당신이 아름다움의 승리로 무장된 적이 없었습니다. 당신이 이 방에 들어서신 순간, 저는 당신의 후광에 휘감겼습니다 —
어떻습니까? 당신이 지금 바로 이 모습으로 그녀 앞
에 나선다면요. 지금이야말로 절호의 순간이죠.

엘리자벳 지금이라고요? 아, 안 돼요, 지금은 안돼요, 레
스터. 우선 생각을 좀 해 본 다음에 — 벌리와 —

레스터 (다급하게 말을 가로막으며) 벌리와! 그 사람은 국가
의 이익밖에 모릅니다. 당신껜 마땅히 여성으로서의
권리가 있습니다. 그런 예민한 문제는 당신이 판단하
실 문제이지, 정치가의 소관이 아니지요 — 사실 국가
정책으로도 당신이 그녀를 만나서, 관용으로써 대중
의 마음을 얻는 게 바람직하죠.

엘리자벳 내가 친척되는 여인의 궁핍과 치욕을 보는 것은
모양좋은 일이 아닐 텐데요. 그녀가 거하는 곳이 왕족
에 합당치 않다고들 하던데, 그런 궁핍한 처지를 보는
것은 내게 흥이 되지 않겠소?

레스터 그녀의 문지방까지 가실 필요는 없습니다. 제 말
을 들어 보십시오. 요행히도 우연이라는 게 있지요.
오늘은 대사냥의 날입니다. 마침 포더링헤이 성을 지
나가게 될테니까, 정원에서 슈트아르트가의 여인이
산책할 수있게 하죠. 절대로 사전에 꾸민 것처럼 보이
게 하면 안 되고요. 그리고 마음이 내키지 않으시면,
아무 말씀 안하시면 됩니다 —

엘리자벳 만약 내가 우행을 범한다면, 그것은 내 잘못이
아니라 당신 잘못이오, 레스터. 난 오늘 당신의 소망
을 아무것도 거절하지 않겠소. 내가 오늘 어느 대신보

다도 당신의 마음을 가장 슬프게 했으니까요. (그를 다정하게 바라보며) 그저 당신의 망상이려니 해 두죠. 예전에 승인하지 않았던 요구조차 자진해서 용인하는 것, 그것이 애정의 표출이라는 것이겠죠. (레스터가 그녀의 발 밑에 엎드리고 막이 내린다)

제 3 막

공원. 전경에는 나무들이 빽빽하고,
후경에는 넓은 풍경이 펼쳐져 있다.

제 1 장

마리아가 뒤쪽 숲에서 날렵하게 달려 나온다.
한나 케네디가 천천히 따라온다.

케네디   마치 날개라도 단 듯 빠르시군요. 나는 그렇게 빨
리는 못 따라가요, 좀 기다리세요.

마리아   이 새로운 자유를 만끽할 거야! 어린애가 될 거
야, 한나도 어린이가 되는 거야! 녹색 양탄자 같은 풀
밭에서 가볍게, 나르는 듯 뛰어 보는 거야. 내가 이
컴컴한 감옥에서 나오게 되나? 이 슬픈 동굴이 날 더
이상 잡아 두지 않으려나? 이 자유로운 하늘의 공기
를 흠뻑 원도 없이 마시게 해 주려무나!

케네디   오 사랑하는 주인님! 당신의 감옥이 그저 조금 넓
어진 것 뿐이에요. 우리를 가두고 있는 담벽이 빽빽한
나무숲에 가려서 폐하게 보이지 않을 뿐이죠.

마리아   오 고마워, 다정한 푸른 나무들이 고마워. 내게
감옥의 담벽을 가려 줘서! 자유롭고 행복한 꿈을 꾸
고 싶은데, 왜 나의 달콤한 환상을 깨우는 세지? 지
넓은 하늘의 품이 나를 안아 주고 있지 않는가? 탁
트이고 막힘없이 뻗치는 시선이여, 어디까지 가 닿을
지 측량할 수 없구나. 저기 저 잿빛 안개기둥이 우뚝
솟은 곳, 저곳이 내 왕국의 경계이구나, 그리고 남쪽
으로 치닫는 저 구름은 저 멀리 프랑스의 바다를 향

해 가는구나.
　　급히 가는 저 구름아! 바람의 돛단배여!
　　누구와 함께 가느뇨, 누구를 태우고 가느뇨!
　　내 어릴 적 살던 곳에 내 인사를 전해다오!
　　나는 갇힌 몸, 꽁꽁 묶인 몸.
　　아, 심부름꾼도 하나 없구나!
　　너의 길은 막힘없이 대기 속에 열려 있구나,
　　너는 여왕에 매인 몸이 아니려니.

케네디　아 귀하신 내 주인님! 당신은 오늘 제정신이 아니
　　세요. 오랫동안 자유를 못 누리시더니 온통 마음이 들
　　떠 있군요.

마리아　저기 어부가 배를 띄우고 있어! 저 보잘것없는 물
　　건이 날 구할 수 있다면, 날 재빨리 다정한 내 마을로
　　데려다 준다면! 먹고 살기도 어려운 저 사람의 배에,
　　보화를 가득 실어 줄 텐데. 여태까지 해 본 적 없는,
　　그물 당기기 한번이면, 행운을 낚게 될 텐데! 나를 그
　　배에 태워 구해 준다면!

케네디　가망없는 소망이죠! 멀찌감치 저곳에서 첩자가 우
　　리를 따라다니는 것이 보이지 않으시나요? 조금이라
　　도 동정심을 가진 사람은 아예 우리에게서 놀라 떨어
　　져 나가고 있는 판국에!

마리아　아니야, 착한 한나, 나를 믿어요! 옥문이 공연히
　　열린 것은 아니야. 이 작은 은총은 내게 커다란 행운
　　의 계시야! 내 착각이 아니야, 사랑의 손이 움직이고
　　있는 거야, 난 감사하고 있어. 레스터 경의 힘찬 팔이

그 속에서 보이는 거야! 그가 차츰차츰 감옥을 넓히고, 조금씩 조금씩 나를 커다란 것에 익숙하게 해 주려는거야. 그래서 마침내는 그의 얼굴을 보게 될 거야. 이 결박을 영원히 풀어 줄 그분의 얼굴을,

케네디 오, 난 이 모순을 이해할 수 없군요! 어제만 해도 그들이 당신께 사형을 통고했어요. 그런데 갑자기 오늘 이런 자유를 줘요? 이런 말을 들은 적이 있지요, 영원한 자유가 기다리는 사람에게는 족쇄가 풀린다고요.

마리아 사냥 나팔소리가 들리지 않아? 커다랗게 외치는 소리가 산과 언덕에 울려 퍼지고 있잖아? 오, 저 씩씩한 말을 타고 날쌔게 달려, 저 즐거워하는 행렬에 합류할 수 있다면! 소리가 또 들리네! 오 귀에 익은 저 소리, 감미로운 추억의 고통이여! 내 자주 저 소리를 들으며 즐거워했지, 산악에서 울려 퍼지는 저 질주하는 사냥꾼의 소리를.

제 2 장

폴렛이 들어온다.

폴 렛 자! 내가 마침내 일을 제대로 한 건가요, 레이디?
딱 한번 당신의 감사를 받을 만한 일을 했나요?

마리아 뭐라구요, 기사님? 당신이 이런 호의를 내리게 한
사람이라고요? 그게 당신이었나요?

폴 렛 나라면 안 될 이유라도 있나요? 내가 궁에 가서 당
신 편지를 전했소!

마리아 그걸 전하셨다구요? 정말로 당신이 그랬나요? 그
러면 내가 지금 누리는 자유가 그 서신의 결실인가
요?

폴 렛 (의미있게) 그뿐만이 아니죠! 더 큰 걸 맞이할 준비
를 하시오!

마리아 더 큰 것이라고요, 경? 무슨 말씀이시오?

폴 렛 당신도 나팔소리를 들었겠죠?

마리아 (예감을 받고 깜짝 놀라서) 나를 놀라게 하시는군요!

폴 렛 여왕께서 근처에서 사냥하고 계시오.

마리아 뭐라고요?

폴 렛 이제 곧 그분을 뵙게 될 것이오.

케네디 (떨며 쓰러질 것 같은 마리아에게로 달려간다) 오 어찌
된 일이세요, 주인님! 창백해지셨어요.

폴 렛 자 그런데! 뭐가 잘못됐소? 이게 당신의 청이 아니

었소? 소청이 당신 생각보다 일찍 받아들여진 것이오. 언제나 달변이셨는데, 이제 말 좀 하시지 그러시오, 지금이야말로 말할 때이오!

마리아 왜 좀 내게 미리 준비할 수 있게 해 주지 않고! 난 지금 그럴 준비가 안 되어 있소, 지금은 안 돼요. 내가 최상의 은혜라고 믿으며 기도해 온 것이 이제는 끔찍하게 무섭게 여겨지오. 이거 봐요, 한나. 날 집안으로 데려가 줘요, 정신 좀 차리게. 마음 좀 잡게.

폴 렛 여기 있으시오! 여기서 그분을 기다려야 하오. 그래 불안하기도 할 게요, 당신의 판관 앞에 나서는 것이니까.

제 3 장

슈르스베리 백작이 들어온다.

마리아　그 때문이 아니오! 오, 하나님, 난 전혀 다른 기분이
오. ― 오 귀하신 슈르스베리 경! 마침 하늘에서 보낸
천사처럼 오시는군요! ― 난 그녀를 볼 수 없소, 살려
주세요, 이 증오스러운 순간에서 날 구해 주세요.

슈르스베리　여제시여, 정신을 차리시오! 용기를 내세요!
지금이 결정적인 때입니다.

마리아　내 그토록 고대하고― 오랫동안 대비해 온 일이건
만. 어떻게 그녀를 감동시키고 마음을 움직일까 ― 모
조리 혼잣말로 해 보고 기억에 새겨 두었는데! 갑자
기 잊어 먹었어요, 모든 게 다 지워져 버렸어요, 이
순간 내 마음속엔 오로지 고뇌의 감정만 불타고 있어
요. 내 가슴은 그녀를 행한 피맺힌 증오로 치닫고 있
소. 선한 생각들은 모두 날아가 버리고, 시커먼 지옥
의 유령이 뱀의 머리털을 흔들며 날 에워싸고 있소.

슈르스베리　격노하는 혈기를 누르고, 쓰라린 마음을 진정
시키시오! 증오와 증오가 마주치면 좋은 결과를 보지
못할 테니까. 아무리 마음속에 저항이 일더라도, 때를
기다리시오, 시간의 법칙에 순종하시오! 강자는 그녀
입니다 ― 당신을 낮추십시오!

마리아　그녀 앞에서요! 그렇게는 결코 할 수 없어요!

슈르스베리 그렇지만 해야 합니다! 공손하게 이야기하십
시오, 침착하게! 그녀의 관대함에 호소하십시오, 대들
지 마시오, 지금은 당신의 권리를 주장하지 마시오.
지금은 그럴 때가 아니니까요.

마리아 아, 내가 파멸을 자청한 거군요. 내 기도에 저주
의 응답이 내린 거군요! 우리는 서로 만나지 말았어
야 하는 건데, 절대로! 절대로, 절대로 좋은 결과가
나올 리 없어요! 차라리 불과 물이 사이좋게 만나고,
양이 호랑이에게 키스하는 걸 기대하는 게 낫지 ―
난 너무나 큰 상처를 입었어요 ― 그녀는 나를 너무
나 모욕했어요 ― 우리 사이에 화해란 결코 없을 것
이오!

슈르스베리 우선 그녀를 대면하시는 겁니다! 그녀가 당신
의 편지를 보고 감동하는 것을 내가 직접 보았소, 그
녀의 눈이 눈물에 잠기는 것도. 그래요, 그녀는 감정
없는 사람이 아닙니다. 좀더 그녀를 믿어 보세요 ―
바로 그 때문에 내가 서둘러 왔소, 당신이 마음을 가
다듬도록 미리 알려 주려고요.

마리아 (그의 손을 잡으며) 오, 탈봇! 당신은 언제나 나의
친구였어요. 내가 계속 당신의 부드러운 감호 하에 있
었더라면 좋았을 덴데! 내가 얼마나 학대를 받았는지
몰라요, 슈르스베리 경!

슈르스베리 이제 모든것을 잊으십시오. 몸을 숙이고 그녀
를 맞이할 것만을 생각하십시오!

마리아 벌리도 그녀랑 함께 오나요? 그 마귀도!

슈르스베리　레스터 백작 외에는 아무도 그녀를 동행하지
　　않을 것이오.

마리아　레스터 경이라고요!

슈르스베리　그를 두려워 마십시오. 그가 당신의 파멸을
　　원하는 것은 아닙니다. 여왕으로 하여금 당신과의 회
　　동을 승인하게 한 것도 그의 작품입니다.

마리아　아! 내 그런 줄 알았어요!

슈르스베리　무슨 말씀이죠?

폴렛　여왕께서 오십니다. (모두 뒤로 물러난다. 마리아만 케네
　　디의 가슴에 기댄 채로 남는다)

제 4 장

엘리자벳, 레스터 백작, 시종들 등장.

엘리자벳 (레스터에게) 이 영지의 이름이 어떻게 되오?

레스터 포더링헤이 성입니다.

엘리자벳 (슈르스베리에게) 사냥팀들을 런던으로 먼저 보내
　　시오, 사람들이 거리에 너무 많이 몰려오니, 이 조용
　　한 정원에서 피할 곳을 찾아 봐야겠소. (탈봇이 시종들
　　을 보낸다. 그녀는 마리아를 응시하며 폴렛에게 계속 이야기한
　　다) 착한 백성들이 날 너무 사랑하는구려. 엄청나기도
　　하지, 그 기뻐하는 모습이란 꼭 우상을 숭배하는 것
　　같다니까. 하나님을 그렇게 경배해야지, 인간에게 그
　　럴 일은 아닌데.

마리아 (반쯤 정신을 잃고 유모에게 기대어 있다가 몸을 일으킨
　　다. 팽팽한 시선을 맞게 되자, 온몸을 떨고 다시 유모의 가슴
　　에 쓰러진다) 오, 하나님! 감정이라고는 하나도 없는
　　서 얼굴을!

엘리자벳 이 부인은 누구요? (모두 침묵한다)

레스터 폐하께선 포더링헤이에 와 계십니다.

엘리자벳 (깜짝 놀란 척하며 레스터에게 어두운 시선을 던지며)
　　누가 이렇게 했소, 레스터 경!

레스터 이미 벌어진 일입니다, 폐하! — 하늘이 당신의
　　발걸음을 이리로 인도하셨으니, 관대와 동정의 손을

들어 보이시옵소서.

슈르스베리   여왕폐하께 간청하옵니다. 폐하의 시선 앞에
서 몸둘 바를 모르는 이 가엾은 여인을 굽어 봐 주시
옵소서. (마리아가 정신을 가다듬고 엘리자벳 쪽으로 다가가
려 하다가, 중도에서 떨며 멈춰 선다. 그녀의 태도에 격렬한
투쟁이 보인다)

엘리자벳   어쩌면, 경들! 깊이 머리 숙인 여인을 보게 될
거라고 내게 말한 사람이 누구시오? 도도한 여인으로
보이는데, 불행으로 다소곳해진 구석이라곤 전혀 안
보이는데!

마리아   그래 좋다! 내 이 불행에도 몸을 굽히리라. 고상
한 인간의 무력한 자부심일랑 집어 치우자! 내가 누
구인지 잊으리라, 내가 당하는 고통도 잊고, 그녀 앞
에 엎드리리라. 이 치욕에 나를 밀어 넣은 그녀 앞에.
(여왕을 향해 몸을 돌리며) 하늘이 당신을 택하신 것입니
다, 자매님! 당신의 행복한 머리 위에 승리의 왕관이
씌여 있습니다. 당신을 높이신 하나님을 경배하옵니
다! (그녀 앞에 꿇어앉으며) 자, 이제 당신께서 관대함을
보이소서, 자매님! 저를 욕되게 엎드리게 마옵시고,
당신의 손을 뻗어, 여왕이신 당신의 오른손을 제게 내
미셔 저를 심연에서 끌어 올려 주시옵소서!

엘리자벳   (뒤로 물러서며) 당신은 당신에게 합당한 자리에
있는 것이오, 레이디 마리아! 나는 내 하나님의 은혜
에 감사와 찬양을 올리오. 지금 당신이 내게 하듯 내가
당신 발 아래 엎드리지 않게 해 준 그분에게 말이오!

마리아   (복받쳐오르는 감정으로) 인간사의 변화무상을 생각
하십시오! 교만을 벌하는 신들이 살아 있습니다. 그
들을 경배하십시오, 그들을 두려워하십시오. 나를 당
신의 발 앞에 엎드리게 한 무서운 신들을! 이 낯선 증
인들 앞에서 내 속의 당신 자신을 존중하십시오. 튜더
왕가의 피를 욕되게 마십시오, 그것은 내 혈관 속에서
처럼 당신 혈관을 흐르고 있습니다. 오 하나님! 제발
그렇게 준엄하고 차갑게 서 계시지 마십시오, 좌초한
선원이 필사적으로 매달리려 해도 소용없는 벼랑처럼
말입니다! 나의 모든 것, 나의 삶, 나의 운명이 이제
나의 말과 눈물의 힘에 달려 있습니다. 당신의 가슴을
움직이도록, 내 가슴을 녹여 주십시오. 당신이 얼음같
이 차가운 눈으로 쏘아 보면, 내 가슴은 무서움에 닫
히며, 흐르는 눈물은 막히고, 오싹한 공포가 내 가슴
속에서 탄원의 말을 묶어 버립니다.

엘리자벳   (냉엄하게) 내게 할 말이란 게 무엇이오, 레이디
슈트아르트? 나와 이야기하고 싶다고 했다죠? 나는
여왕으로서 커다란 모욕을 당한 것도 잊고, 지금 자매
의 경건한 의무를 이행하고 있는 것이오. 나를 알현하
는 위안을 당신에게 허락한 것이오. 관대함의 충동에
따라 나를 이토록 낮춘 것에 대해 의당 뒤따를 비난
에 몸을 맡긴 거요 — 알다시피, 당신은 나를 살해하
려 했으니까!

마리아   오, 무슨 말부터 해야 하나요, 어떻게 하면 지혜
롭게 말을 해서, 당신의 마음을 상하게 하지 않고 붙

들 수 있을까요! 오, 하나님 저의 언어에 힘을 주소서! 상처를 줄 수 있는 가시를 모두 거두어 가소서! 나를 옹호하면서도, 당신을 심히 비난하지 않을 수 있는 말은 없습니다. 하지만 그걸 원하진 않습니다. — 당신은 날 온당하지 못한 방식으로 다루었습니다. 당신과 마찬가지로 나 또한 여왕인데, 날 죄수처럼 억류했습니다. 간청하러 찾아 온 나를, 치외법권과 국제법을 무시하고 이 감옥에 가두었습니다. 내게서 친구들과 하인들을 무지막지하게 떼어 놓고, 천상스러운 궁핍의 제물이 되게 하였습니다. 나를 치욕적인 법정에 세웠죠 — 자, 이제는 그만! 영원한 침묵으로, 내가 당한 잔혹한 일을 덮으리다. — 자! 나는 모든 것을 운명으로 돌리겠소. 당신은 죄가 없고 나 또한 죄가 없어요. 악령이 수렁에서 올라와, 우리의 가슴에 증오의 불을 붙인 거예요. 옛날 어렸을 때 우리를 갈라 놓았던 그 악령이 말입니다. 그것이 우리와 함께 자랐고, 그 재앙의 불길에 사악한 사람들이 입김을 불어 넣은 것입니다. 부르지도 않았는데, 광신자들이 비수와 단검으로 무장하고 나타난 거죠. 그것이 왕들의 저주스런 운명이라는 게지요. 왕들의 반목은 세상을 증오로 갈가리 찢어 놓고, 모든 불화 재앙의 족쇄를 풀어 놓게 하지요. — 이제 우리는 더이상 낯선 사람들이 아닙니다.

(자신있게 그녀에게 다가가며 아첨하는 말투로) 이제 우리는 마주보고 서 있습니다. 자, 자매님이여, 말씀하세요!

나의 죄를 말해 주세요. 당신께 완전히 보상하겠습니다. 아, 내가 당신의 눈길을 그렇게 간구했을 때, 내 말에 귀를 기울이셨다면 얼마나 좋았을까요! 일이 여기까지 오진 않았을 겁니다. 이 슬픈 장소에서, 지금처럼 불행하고 슬픈 만남은 없었을 게요.

엘리자벳 행운의 별이 나를 지켜 줘서, 독사를 가슴에 품지 않게 한 것이지. — 운명을 탓하지 마시오. 당신의 시커먼 가슴을 탓하시오, 당신 가문의 거친 야망을 탓하시오. 우리 사이에는 어떤 적의도 없었소. 그런데 당신의 그 오만한 삼촌이, 권력에 미친 그 사제가 파렴치하게 모든 왕관에 손을 뻗었소. 내게 싸움을 선포했고, 당신에게 내 문장을 차라고, 내 왕위를 차지하라고 꼬였죠. 나와 생사투쟁을 하라고 사주했죠. 나를 타도하라고 그가 선동하지 않은 사람이 있었던가? 사제들의 혀와 여러 나라의 칼, 그 경건하신 광신도들의 무시무시한 무기들, 심지어 여기 평화의 보금자리인 나의 왕국에서조차, 그자는 반란의 불길에 바람을 불어 넣었소. 하지만 하나님이 나와 함께 계셔서, 그 오만한 사제는 이제 발붙일 곳이 없게 됐소 — 내 머리에 가하려 했던 일격이 당신 머리에 떨어지게 됐으니까!

마리아 나는 하나님의 손에 맡겨진 몸입니다. 당신의 권력을 남용하여 피를 보려 하진 않겠죠?

엘리자벳 누가 나를 막는단 말이오? 당신 삼촌은 적과 평화를 맺는 법에 대해서 이 세상의 모든 왕들에게 본보기를 보였죠. 나는 성 바톨로메우스의 밤1)을 교훈으로 삼을 것이오. 혈족이 뭐고 국제법이란 게 뭐요? 교회가 모든 의무의 *끈*을 끊어 버리고, 모반과 국왕시해를 찬양하는 판국에. 난 당신 사제들이 가르쳐 준 대로만 행할 것이오. 말해 보시오! 내가 관대히 당신의 구속을 풀어 준다면, 내게 무엇을 담보로 내놓으시겠소? 어떤 자물쇠로 당신의 성실을 간수할 수 있겠소? 성 베드로의 열쇠2)로도 열 수 없는 자물쇠가 어떤 것이오? 무력만이 유일한 안전대책이오, 뱀의 종자와는 동맹을 맺지 않는 법이오.

마리아   오, 그런 악의를 품고 계시다니 안됐군요! 당신은 나를 언제나 적으로만, 이방인으로만 생각해 왔어요. 당신이 도리대로 나를 당신의 계승자로 선포하셨더라면, 나는 감사와 사랑으로, 당신의 성실한 친구가 되고 친척이 되었을 텐데.

엘리자벳   레이디 슈트아르트, 그대의 친구들이 있는 곳은 저 바깥이오, 그대의 집은 교황령이고, 그 승려가 그대의 형제요. 그대를 내 후계자로 선포하라고! 모반의 덫을 치시겠다 이거지! 내 평생 내 백성을 유혹하고, 교활한 아르미다3)처럼 내 왕국의 귀족청년들에게 당

---

1) 1572년 8월 24일 성 바톨로메우스의 밤에 프랑스에서 캐더린 메디치 왕후가 귀즈 가문의 사주를 받아, 나바라 가문의 앙리와 발로아 가문의 마가렛의 혼인날을 기해, 프랑스의 대부분의 개신교들을 학살한 사건.
2) 마태복음 16장 19절에서 예수가 베드로에게 이르는 구절과 관계됨. "내가 천국 열쇠를 네게 주리니 네가 땅에서 무엇이든지 매면 하늘에서도 매일 것이오, 네가 땅에서 무엇이든지 풀면 하늘에서도 풀리리라."
3) 이탈리아의 시인 토르카토 타쏘의 운문서사시 〈해방된 예루살렘〉(1581)에 나오는 여성. 다마스커스 왕의 딸로서 아름다움과 요술로써 십자군 기

신의 음란한 덫을 씌우겠다는 것이겠지 — 그래서 모
두가 이제 새로이 떠오르는 태양을 향하면, 나는 —

마리아 마음을 편히 갖고 통치하세요! 나는 이 나라에 대
한 모든 권리를 포기하겠어요. 아, 나의 영혼의 날개
는 잘리고 없습니다. 위대함이 내게 더이상 유혹이 되
지 못해요 — 당신이 이겼습니다. 이제 나는 마리아의
그림자일 뿐입니다. 감옥의 오랜 치욕 속에서 귀족의
기개따위는 꺾여지고 없습니다. 당신이 내게 가한 것
은 최악의 것이었어요. 당신은 내 청춘을 파괴했어요!
— 이제 그만 끝내세요, 자매님! 여기 와서 하려 했던
말씀을 공표하세요! 난 당신이 제물을 잔인하게 조롱
하려고 왔다고는 믿지 않을 거니까요. 이렇게 말씀하
세요, 내게 말씀하세요 "당신은 이제 자유인이오! 마
리아, 당신은 이미 나의 위력을 알았소. 이제 나의 자
비를 경배하는 것을 배우시오!" 내 목숨을, 내 자유를
당신이 내리신 선물로 받고자 합니다. — 단 한 마디면
모든 것은 없던 일이 되는 겁니다. 그 말씀을 기다리고
있습니다. 오, 절 너무 오래 기다리게 하지 말아 주세
요! 당신의 마지막 말씀이 그것이 아니라면, 당신을
원망할 것입니다. 당신이 하나님처럼 장엄하게, 자비
를 내리시지 않고 저를 떠나신다면 말입니다 — 자매
님! 이 풍요로운 섬나라를 전부 준다 해도, 이 바다와

사들을 현혹하였다. 그중 한 기사인 리날도를 그녀의 마술정원에 유혹하여
사랑에 빠지게 해서 전투력을 상실케 하였지만, 기사는 나중 다른 기사들
에 의해 구출된다. 그리하여 아르미다는 적의 전투력을 마비시키는 '유혹
의 여인'을 뜻하는 대명사가 되었다.

연한 모든 나라를 다 준다 해도, 지금 당신이 내 앞에
서 있듯이, 내가 당신 앞에 나서지는 않겠습니다!

엘리자벳　마침내 그대의 패배를 인정하는 건가? 그대의
술책이 바닥이 난 것인가? 더이상 암살자가 없던가?
그대를 위해 비참한 기사도를 발휘해 주려는 모험가
가 더 없던가? — 그래 이제는 끝났소, 레이디 마리
아. 더이상 내 사람들을 꼬여 내지 못할 것이오. 세상
엔 다른 걱정거리도 많으니까! 아무도 그대의 네번째
남편이 되기를 탐하는 사람은 없소. 그대는 남편들을
죽이듯이, 구혼자들4)도 죽이게 될 테니까!

마리아　(발끈해서) 자매님, 자매님! 오 하나님, 하나님! 제
게 자제할 힘을 주십시오!

엘리자벳　(한참동안 오만하게 경멸하는 시선으로 마리아를 응시
한다) 자, 레스터 백작, 이게 바로 남자들이 바라보기
만 해도 화를 당하는 매력이라는 것이군요! 그 어떤
여인도 필적할 수 없는 매력이라는 것이군요! 과연!
명성이란 참으로 싸구려 물건이오. 온천하의 미인이
되기란 온갖 사람에게 천한 미인이 되면 그만이구먼.

마리아　정말 너무하십니다!

엘리자벳　(빈정대며) 이제야 참모습을 드러내시는구먼, 여
태까진 가면만을 보이더니만.

마리아　(끓어오르는 분노로, 하지만 기품있게) 인간이기 때문
에, 젊기 때문에, 내가 잘못을 저지른 적은 있소, 권

---

4) 노포크 공이 마리아를 구해내고 그녀에게 구혼하려고 모반을 일으키려
했다가 발각되어 처형된 것을 의미함.

력이 나를 유혹했소. 난 그것을 숨기지도, 감추지도 않았소. 군왕다운 당당함으로써 가식을 경멸했소. 세상이 알고 있는 것은 나의 가장 나쁜 점이오, 나는 평판보다 선한 사람이라고 말할 자신이 있소. 당신이 한 짓에서 명예의 외투를 벗겨 내면, 당신에게 화가 있으리라! 당신은 그것으로 시커먼 탐욕의 거친 불길을 짐짓 덮어 두고 있지 않소? 당신이 성실 따위를 어머니로부터 물려받았을 턱이 없지! 어떤 미덕 때문에 안나 볼러윈, 그 여자가 단두대에 올랐는지 모르는 사람은 없소!

슈르스베리 (두 여왕 사이에 끼어들며) 오 하나님! 이렇게 되고 말다니! 이것이 당신의 자제와 복종이라는 것이오, 레이디 마리아?

마리아 자제라구요! 나는 인간으로서 참을 만큼 참았소! 가 버려라, 양순한 절제여! 하늘로 날아라, 고통스런 인내여! 너의 사슬을 끊어 버리고 지옥에서 나오너라, 긴긴 세월 억눌러 온 원한이여! 분노의 바실리스크[5]에게 죽음의 시선을 부여한 자여, 이제 내 혀에 독화살을 올려다오!

슈르스베리 오, 저 여인은 미쳤소! 저 미쳐 날뛰는 여인을, 분에 찬 여인을 용서하소서! (엘리자벳은 분함으로 말을 잃고, 격노의 시선으로 마리아를 쏘아 본다)

---

5) 닭머리에 뱀꼬리를 한 중세의 전설적 괴물. 시선이 너무 끔찍해서 쏘아 보기만 해도 사람이 죽기 때문에, 대적하기 위해서는 거울을 사이에 두고 뒤로 돌아서 싸우게 된다.

레스터 (극도로 당혹하여, 엘리자벳을 데리고 나가려 한다) 저 발광하는 여인의 말을 듣지 마십시오! 가시지요, 이 재앙의 장소를 떠나십시다!

마리아 잉글랜드 왕좌는 사생아 때문에 더럽혀졌소. 고귀한 잉글랜드 국민이 교활한 사기꾼에게 속임을 당했소. — 정의가 지배한다면, 당신은 흙먼지를 뒤집어쓰고 내 앞에 엎드리게 될 것이니라. 내가 당신의 왕이니라! (엘리자벳이 급히 나가고, 대신들이 혼비백산하여 그녀를 따른다)

제 5 장

마리아, 케네디.

케네디 이 무슨 일이십니까? 그녀가 진노하여 여기를 떠
났어요! 이젠 끝장입니다. 모든 희망이 사라졌어요.

마리아 (아직 제정신을 잃은 상태다) 그녀가 분노하여 여기를
떠났어! 가슴에 살기를 품고서! (케네디의 가슴에 쓰러지
며) 오 이제는 후련해, 한나! 마침내, 마침내 여러해
동안의 굴욕과 고뇌 끝에 맞은 복수와 승리의 한 순
간이었어! 산덩어리 같은 짐을 가슴에서 떨치고, 적
의 가슴에 칼을 찌르게 된 거야.

케네디 가련하신 분! 분함으로 만신창이가 되셨군요. 당
신은 앙숙에게 상처를 입혔어요. 그녀는 번갯불을 쥐
고 있어요, 그녀는 여왕이오. 그녀를 애인 앞에서 모
욕한 것이라구요!

마리아 그래, 레스터의 눈앞에서 그녀를 모욕했어! 그 사
람이 그것을 보았어, 그는 내 승리의 증인이야! 내가
높은 곳에 있는 그녀를 내리쳤을 때, 그가 그 자리에
있었어. 그가 가까이 있어서 내게 힘이 났던 거야!

제 6 장

모티머가 들어온다.

케네디   오, 기사님! 어찌 이런 일이 —

모티머   다 들었소.

(유모에게 가 있으라는 신호를 하고서 다가온다. 그의 전신은
격렬한 열정을 분출하고 있다) 당신이 이겼소! 당신은 그
녀를 땅바닥에 걸어찼소. 당신은 여왕이고, 그녀는 죄
인이었소. 당신의 용기에 반했소! 당신을 숭배하오,
이 순간 당신의 모습은 여신처럼 거대하고 장엄하기
만 하오.

마리아   레스터와 이야기를 나눠 봤나요? 내 편지를 전했
나요? 선물을 전했나요? 말하세요, 경!

모티머   (불타는 시선으로 그녀를 응시하며) 고귀한 여왕의 분노
가 당신을 불태웠을 때, 당신은 정말 매력의 화신이었
소! 당신은 진정 지상에서 가장 아름다운 여인입니다!

마리아   제발 부탁이오, 경! 내 초조함을 달래 줘요. 레스
터 경이 뭐라 하던가요? 오 말해요, 내게 어떤 희망
이 있는지!

모티머   누구요? 그자 말이오? 그는 비열한 자요! 그자에
게 아무것도 기대하지 마시오! 그자를 경멸하시오!
그자를 잊으시오!

마리아   무슨 말씀이세요?

모티머 그자가 당신을 구하고 가질 거라고요! 그자가 당
신을! 그래 보라죠! 그자가! 그러러면 나와 생사결전
을 벌여야 할 거요!

마리아 그에게 편지를 전하지 않았단 말이오? ─ 오, 그
렇다면 정말로 끝장이오!

모티머 그 겁쟁이가 사랑하는 것은 자기의 목숨이오. 당
신을 구하고 당신을 소유하고자 한다면, 죽음도 용감
히 맞을 수 있는 자라야 하오.

마리아 그가 나를 위해 아무것도 하지 않을 거란 말인가
요?

모티머 그자 이야기는 이제 더이상 마시오! 그자가 뭘 할
수 있단 말이오? 그자가 무엇 때문에 필요하오? 내가
당신을 구해 내겠소. 나 혼자서!

마리아 아, 당신이 무슨 힘이 있다고!

모티머 더이상 착각하지 마시오, 어제와는 사정이 다르
오! 여왕이 당신을 그렇게 떠나고, 대화가 그렇게 끝
난 것으로써 모든 것은 끝난 것이오. 사면의 길은 모
두 막힌 것이오. 이제는 행동이 필요한 때이오. 과감
한 행동만이 해결책이오! 모든것을 원점에서 다시 시
작하는 것이오. 당신은 구출되어야 하오, 그것노 아침
이 오기 전에!

마리아 무슨 말씀이세요? 오늘밤이라고요? 그게 어찌 가
능한 일이오?

모티머 어떤 결정이 났는지 들어 보시오. 내가 동지들을
예배당 밀실에 모이게 했소. 사제가 우리의 고해성사

를 듣고, 우리가 지은 모든 죄를 사하여 주었소. 또한 우리가 앞으로 짓게 될 모든 죄도! 우린 최후의 성찬을 받았고 마지막 여행의 준비를 마쳤소.

마리아　오 무슨 엄청난 일을 준비한 거요!

모티머　우린 오늘밤 이 성벽을 넘어올 거요. 열쇠는 내가 맡을 것이오. 간수들을 죽이고 이 감방에서 당신을 빼낼 것이오. 살아 남아 이 일을 발설하는 사람이 없도록. 하나도 남김없이 우리 손에 무참히 죽음을 당할 것이오.

마리아　그러면 드러리와 폴렛, 감호인들은 어찌 되오? 그들이 그 전에 자기들의 마지막 피를 —

모티머　그들은 맨먼저 나의 칼에 쓰러질 것이오!

마리아　뭐라고요? 당신 삼촌을, 아버지나 다름없는 사람을요?

모티머　그는 내 손에 죽게 되오. 내가 그를 죽일 것이오.

마리아　오, 잔학한 범죄를!

모티머　이미 모든 죄의 사함을 받았소. 나는 어떤 악랄한 짓도 할 수 있소, 내가 그 일을 맡을 것이오.

마리아　아, 무서워라. 너무나 무서워요.

모티머　해야 한다면 여왕이라도 찔러 죽일 것이오. 난 그것을 성체에 맹세했소.

마리아　안 돼요, 모티머! 나로 인해 그렇게 많은 피를 흘리느니 차라리 —

모티머　당신에 비한다면 생명이란 게 무슨 의미가 있겠소! 또한 나의 사랑에 비한다면. 세상의 모든 속박이

풀리고, 또 한차례의 홍수가 밀려와서, 숨쉬는 것들을
모두 집어 삼켜 버렸으면 좋겠소! — 나는 아무것도
개의치 않소! 당신을 포기하느니, 차라리 이 세상의
종말을 맞는 편이 좋을 것이오!

마리아 (뒤로 물러나며) 오, 하느님 맙소사! 이게 무슨 소리
요, 경, 어쩌면 그런 눈으로 나를! 오 당신이 무서워
요, 무서워서 더 듣고 있지 못하겠군요.

모티머 (두리번거리는 시선을 하고 광기 어린 차가운 표정으로)
삶은 한 순간이고, 죽음도 한 순간이오! 그래요, 나를
타이번6)의 사형장으로 끌고 가라죠! 시뻘건 쇠집게
로 사지를 갈기갈기 찢으라죠! (팔을 벌리고 그녀에게 거
칠게 다가가며) 당신을 안을 수만 있다면, 열렬히 사랑
하는 당신을 —

마리아 (뒷걸음치며) 미쳤군요! 물러서요 —

모티머 이 가슴을, 사랑이 숨쉬는 이 입술을 —

마리아 아서요, 경! 난 들어가겠어요.

모티머 하나님이 손에 내리신 행운을, 단단히 품에 안고
붙들지 아니한다면, 그자는 미친 사람입니다. 내가 당
신을 구출할 것이오, 수천의 목숨을 희생시키더라도,
당신을 구해 낼 것이오. 내가 그 일을 할 것이오, 하
나님이 살아 계신 한! 맹세하건대, 또한 당신을 소유
할 것이오.

마리아 오 하나님이여, 천사여! 저를 지켜 주시지 않으시
렵니까! 오, 끔찍한 운명이여! 끔찍한 공포에서 또다

---

6) 1783년까지 런던의 공식 처형장, 하이드파크 북쪽에 위치함.

른 공포 속에 저를 던지시나이까! 저는 오직 광분을
일으키기 위해 태어난 인간인가요? 사랑과 증오가 공
모하여 저를 겁주고 있는 건가요?

모티머 그렇소, 그들의 증오가 불타듯 나의 사랑도 불타
고 있소. 그들은 당신의 목을 칠 것이오, 이 목을, 눈
부시게 하얀 이 목을 도끼로 내리칠 것이오. 오, 증오
의 피투성이 제물로 바쳐야 할 것을 생명과 희열의
신에게 기꺼이 바치시오. 이제는 더이상 당신의 것이
아닌 그 매력으로, 당신을 사랑하는 이 행운아를 즐겁
게 해 주시오. 아름다운 머리, 이 비단 같은 머리카
락, 벌써 시커먼 죽음의 손아귀에 빠져 버린 이것으
로, 당신의 노예를 영원히 묶어 주시오!

마리아 아, 도대체 이게 무슨 소리요! 경! 내 불행이 당
신을 성스럽게 해 준단 말이오? 내 고통이 말이오,
이 여왕의 머리가 없어지게 된다면 말이오!

모티머 왕관은 이미 당신의 머리에서 떨어졌소. 당신에게
지상의 왕권은 더이상 없소. 시험해 보시오, 왕명을
내려 보시오. 어디 당신을 위해 일어나 줄 친구나 구
원자가 있는지! 당신에게 남은 것은 오직 하나, 사람
의 마음을 움직이는 그 자태이오, 드높은 아름다움의
신성한 위력이오. 그것이 나로 하여금 모든것을 감행
하고 감당하게 하는 것이오. 그것이 나로 하여금 형리
의 도끼를 대적하게 하고 있는 것이오.

마리아 오, 누구든 이자의 광분으로부터 날 구해 줘요!

모티머 대담한 봉사는 대담한 보상을 받게 되어 있소! 용

감한 남자가 피를 흘리는 이유가 무엇이겠소! 생명이 아직은 삶의 최고의 자산인데 말이오! 생명을 공연히 내던지는 자는 미친 자요! 우선 이 생명의 뜨거운 가슴에서 휴식을 취하고 싶소 ―(격렬하게 그녀를 껴안는다)

마리아 오, 날 도와 주러 온 남자를 막기 위해 도움을 청하게 되었으니 ―

모티머 당신은 목석이 아니오. 냉정하고 엄격하다는 이유로 세상이 당신을 비난한 적은 없죠. 당신은 뜨거운 사랑의 간구로 감동받을 수 있는 여인이오. 당신은 가수 리죠를 행복하게 해 줬고, 보드웰의 유혹을 허락했지요.

마리아 야비한 인간 같으니!

모티머 그자는 당신의 폭군이었을 뿐이오! 그자 앞에서 두려워 떨었던 것은, 그자를 사랑했기 때문이오! 공포로써만 당신을 얻을 수 있다면, 지옥의 신 앞에서라도 ! ―

마리아 놔 줘요! 당신 정말로 미쳤소?

모티머 이젠 내 앞에서도 떨게 해 주겠소!

케네디 (뛰어들어오면서) 그자들이 와요, 이리로 오고 있어요, 무장군인들이 정원에 꽉 찼어요.

모티머 (깜짝 놀라서 칼을 쥔다) 내가 당신을 지키겠소!

마리아 오, 한나! 나를 이 사람의 손에서 구해 줘요! 불쌍한 이 몸의 피신처가 어디요? 어느 성자에게 의지해야 한단 말인가? 이곳에는 폭력이고, 저곳에는 살인이니! (그녀는 건물 쪽으로 뛰어간다, 케네디가 뒤따른다)

제 7 장

모티머. 폴렛과 드러리가 정신없이 뛰어들어온다. 수행원들이
몰려온다.

폴 렛 문을 닫아라, 다리를 끌어 올려라!

모티머 삼촌? 무슨 일입니까?

폴 렛 그 살인녀가 어디 있지? 그녀를 흑감방에 쳐 넣어
　　라!

모티머 웬일입니까? 무슨 일이 일어났습니까?

폴 렛 여왕이! 망할 놈들! 파렴치한 악귀들!

모티머 여왕이라뇨? 어느 여왕 말이세요?

폴 렛 잉글랜드 여왕이야! 여왕이 런던 길목에서 살해당
　　하셨다! (급히 건물 안으로 든다)

제 8 장

모티머, 곧이어 오켈리가 등장.

모티머 내가 미쳤나? 지금 누가 여왕이 살해됐다고 외치
고 지나가지 않았나? 아니야, 아니야, 내가 꿈을 꾼
거겠지, 열병이 나서 생각을 가득 채운 무서운 일이
실현된 것처럼 보이는 거야! 저게 누구지? 오켈리구
나. 새파랗게 질려 있네!

오켈리 (뛰어들어오며) 도망가, 모티머! 모든 게 끝났어!

모티머 뭐가 끝났다구?

오켈리 묻고 자시고 할 것 없어, 어서 도망갈 생각이나
해!

모티머 도대체 무슨 일인데?

오켈리 사베지가 기습했어, 그 미친 자가!

모티머 그렇다면 그게 사실인가?

오켈리 사실이야, 사실이야! 어서 몸을 피하라구!

모티머 그녀가 살해됐다, 이제 마리아가 영국 왕좌에 오
른다!

오켈리 살해됐다고? 누가 그래?

모티머 바로 자네가!

오켈리 그녀는 살아 있어! 그리고 나나 자네나 모두가 죽
은 목숨이야.

모티머 그녀가 살아 있다고!

오켈리 공격이 빗나갔어, 외투에 감긴 거야. 슈르스베리
가 암살자의 무기를 빼앗았다네.

모티머 그녀가 살아 있다고!

오켈리 살아 있어, 우리를 모두 박살낼 거라고! 어서! 사
람들이 벌써 정원을 포위하고 있어!

모티머 누가 그런 미친 짓을 했지?

오켈리 툴롱에서 온 바나바 교단7) 승려야, 자네도 봤지,
예배당에서, 잉글랜드 여왕의 파문을 선언하는 교황
의 칙서를 읽어 줬을 때, 깊이 사색에 잠겨 앉아 있던
자 말이야. 그자는 가장 손쉬운 지름길을 택하려 했던
거야. 대뜸 한방에 하나님의 교회를 해방시키고 순교
의 왕관을 얻으려 한 거지. 사제에게만 알리고 런던
길목에서 일을 벌인 거야.

모티머 (한참동안 침묵하고 있다가) 오, 잔인한 운명이 그대
를 쫓아 다니는군요! 가련한 여인이여! — 이제 당
신은 죽게 되오, 당신의 천사조차도 당신의 파멸을 준
비하고 있소.

오켈리 자! 어느쪽으로 도망할 건가? 난 북쪽 숲에 가서
숨겠네.

모티머 어서 도망하게, 하나님의 인도가 있기를 비네! 난
여기 남겠네, 그녀를 구하도록 해 보겠네, 아니면, 그
녀의 관 위에 함께 눕겠네. (각기 다른 방향으로 퇴장)

---

7) 밀라노의 성자 바나바의 교회 이름을 딴 합창기사단. 1530년 전쟁부상
자와 개종자들을 위해 결성되었다.

제 4 막

응접실

제 1 장

오베스핀 백작, 켄트의 백작, 레스터 백작.

오베스핀   폐하께서는 어떠십니까? 경들, 내가 지금도 공
　　　　포에 질려 정신이 나간 것처럼 보이는 모양이군요. 어
　　　　찌 된 일입니까? 그렇게 충성스런 백성들 가운데서
　　　　이런 일이 어찌 일어날 수 있었느냐 말입니다.

레스터   우리 백성 가운데 일어난 일이 아니었소. 그자는
　　　　당신네 왕의 신하이오, 바로 프랑스인이오.

오베스핀   미친 자가 틀림없소!

켄 트   교황파요, 오베스핀 백작!

제 2 장

벌리가 대비슨과 얘기하며 들어온다.

벌 리　즉시 사형집행장을 작성하고 인장을 찍어야겠소 ―
　　　완성되면 여왕께 가서 서명을 받는 겁니다. 가시오,
　　　지체할 시간이 없소!

대비슨　그러도록 하겠습니다. (퇴장한다)

오베스핀　(벌리에게 다가가며) 경, 충심으로 이 섬의 온당한
　　　기쁨을 함께 나누고자 합니다. 암살자의 기습으로부
　　　터 용안을 지켜 주신 하나님을 찬양하나이다!

벌 리　적의 악의에 치욕을 안겨 준 그분께 찬양을!

오베스핀　하나님께서 저주받을 짓을 한 범인을 벌하시길!

벌 리　범인과 파렴치한 주모자를!

오베스핀　(켄트에게) 국방상, 나를 여왕께 인도해 주시겠
　　　습니까? 엎드려 내 군주의 치하를 그분께 올리리다.

벌 리　애쓰지 마시오, 오베스핀 백작.

오베스핀　(공적인 태도로) 나도 말이오, 벌리 경, 소임을 아
　　　는 사람입니다.

벌 리　당신 소임은 이 섬을 즉시 떠나는 것이오!

오베스핀　(놀라서 뒤로 물러선다) 뭐라구요! 아니 어떻게!

벌 리　외교관의 면책특권이 오늘은 당신을 보호하지만,
　　　내일은 아니오!

오베스핀　내가 무슨 죄를 지었다는 게요?

벌 리 내가 그것을 일단 지목하면, 그땐 용서받지 못하게
    돼요.
오베스핀 경, 원컨대, 나는 대사의 권리로써 ―
벌 리 그게 국가의 반역자를 보호하지는 못하오.
레스터와 켄트 오, 이게 무슨 소리입니까!
오베스핀 경, 그렇다면 당신 생각은 ―
벌 리 당신이 자필로 써 준 통행증 말이오. 암살자의 호
    주머니에서 발견되었소.
켄 트 이럴 수가!
오베스핀 나는 수많은 통행증을 교부해 줬소. 내가 사람
    의 속마음까지 조사하지는 못하지 않소?
벌 리 암살자는 당신 집에서 고해를 했소.
오베스핀 내 집은 개방된 집이오.
벌 리 잉글랜드의 모든 적들에게죠.
오베스핀 수사를 요청하오!
벌 리 겁나실 일일 텐데요!
오베스핀 나에 대한 모욕은 곧 내 군주에 대한 모욕이오.
    그분께서는 동맹을 파기하실 것이오.
벌 리 여왕께서 이미 파기하셨소. 잉글랜드와 프랑스의
    혼인은 없을 것이오. 켄트 경, 오베스핀 백작을 바닷
    가까지 호송하는 일을 맡아 주시오. 흥분한 민중이 그
    의 저택에 몰려가서 거기서 무기고를 발견했소. 저 사
    람의 모습이 나타나면 찢어 죽이려 할 것이오. 그들의
    분노가 가라앉을 때까지 그를 숨기시오. 당신이 그의
    목숨을 책임지시오!

오베스핀 가겠소. 이 나라를 떠나겠소, 국제법을 짓밟고
　　　　조약을 희롱하는 이 나라를. 하지만 우리 군주께서
　　　　피맺힌 응분의 조치를 할 것이오.
벌리 그러라고 하시오! (켄트와 오베스핀이 퇴장한다)

제 3 장

레스터와 벌리.

레스터 당신이 굳이 공들여 동맹을 맺어 놓고, 스스로 그
것을 다시 해체시키시는군요. 잉글랜드가 별로 고마
워하지 않을 짓을 하셨군요. 경, 그런 수고는 안했더
라면 좋으셨을 텐데.

벌 리 내 의도는 좋았소. 하나님이 이를 달리 인도하고
계시오. 더 흉칙한 것 때문에 꺼림칙해 하는 사람보다
는 행복이지요.

레스터 세실 백작 벌리 경의 신비스런 표정을 내 익히 알
죠. 국사범을 추적할 때의 표정 말이죠. ― 이제 경에
게 좋은 기회가 온 거요. 엄청난 범죄가 발생했고, 범
인은 아직 오리무중이니까. 이제 법정심문이 열리겠
죠, 말과 표정을 요리조리 재 보고, 생각까지도 법정
에 호출하겠죠. 이제 당신은 막중한 사람이오, 이 나
라의 아틀라스죠. 잉글랜드 전체가 당신 어깨 위에 놓
여 있소.

벌 리 내가 볼 때, 당신이야말로 내겐 항상 스승이오, 경.
당신 달변이 거두는 승리는 내 재주로는 어림도 없는
것이었으니까.

레스터 무슨 뜻이오, 경?

벌 리 당신은 내 등 뒤에서, 여왕을 포더링헤이 성으로

유인해 낼 수 있었던 사람이잖소?

레스터 당신의 등 뒤에서라고요! 언제 내가 당신의 면전
이라고 겁낸 적 있었소?

벌 리 여왕을 당신이 포더링헤이 성으로 인도했다 ─ 라
는 이야기요! 그게 아니신가? 당신이 여왕을 인도한
게 아니시겠지! ─ 여왕이 친히 당신을 그곳으로 데
리고 가셨겠지.

레스터 무슨 말씀을 하시려는 게요, 경!

벌 리 여왕을 그곳에서 놀게 하신 귀한 양반! 그 천진난
만하신 분 ─ 그 착한 여왕에게 찬란한 승리를 마련
해 주신 분! 그런 식으로 후안무치하게 당신은 조롱
을 당한 거요. 그런 식으로 가차없이 당신은 제물이
된 것이오. ─ 자, 이것이 국무회의에서 당신 마음을
갑자기 돌려놓은 관대함과 온유라는 것이죠! 그래 이
슈트아르트 여인은 나약하고 하찮은 적이니, 애써 피
를 흘리게 할 필요가 없다는 것이죠! 훌륭한 계획이
오! 절묘하기 이를 데 없소! 다만 너무 예리하게 갈
아 꼭지가 부서져 버린 게 안됐소.

레스터 천박한 인간! 즉시 날 따라오시오! 그 이야기를
어전에서 해명해야 할 것이오!

벌 리 거기서 나를 만나게 될 거요 ─ 달변이 막히지 않
도록이나 하시오, 경. (퇴장한다)

제 4 장

레스터가 혼자 있다. 이어 모티머가 들어온다.

레스터 발각되었어! 들통이 난 거야 — 어떻게 그 불길한
작자가 내 뒤를 잡았지! 그자가 증거를 가지고 있다
면 큰일인데! 나와 마리아 사이에 통문이 있었다는
것을 여왕이 알게 된다면 — 하나님 맙소사! 난 여왕
앞에 대죄인이 되는 거야! 내 간언이 얼마나 교활한
거짓말로 보일까! 운나쁘게도 여왕을 포더링헤이 성
으로 데려가려고 애썼으니! 여왕은 내게 엄청난 모욕
을 당했다고 여길 거야, 철천지 원수와 한편이 되어
자기를 배신했다고 말이야! 오! 그녀는 결코 용서하
지 못할 거야! 이제 모든 게 사전공작으로 보일 텐데,
대화의 급전직하, 적의 승리와 코웃음, 거기에다 또
자객까지 끼어들어 분탕을 쳤으니, 이 무슨 날벼락인
가, 내가 무장을 시킨 게 되버리잖아! 빠져나갈 방도
가 없어, 아무데도! 아! 누가 온다!

모티머 (극도로 불안한 표정으로 들어와서 조심스럽게 주위를 살
핀다) 레스터 백작! 당신 맞소? 여기 우리뿐이오?

레스터 재수없는 녀석, 꺼져 버려! 여기서 뭘 찾는 거야?

모티머 그들이 우리 뒤를 쫓고 있소, 당신도 마찬가지요,
조심하시오!

레스터 나가, 꺼지라구!

모티머   그들이 오베스펀 백작 집에서 비밀회합이 있었다
는 것을 알고 있소.

레스터   그게 나와 무슨 상관이야!

모티머   자객이 거기 있었던 사람이란 것도 그들은 알고
있소.

레스터   그건 네 일이야! 이 철면피야! 감히 네가 피비린
내나는 범죄에 나를 얶어 넣으려고 하는 게냐? 죄지
은 네 손이나 건사해라!

모티머   그래, 좀 들어나 보시오!

레스터   (격분해서) 지옥에나 떨어져라! 왜 아귀처럼 내 발
치에 들러붙느냐! 어서 가! 난 너를 몰라, 난 암살자
들과는 상관이 없어!

모티머   들으려고를 않는군요. 당신에게 주의를 주려고 왔
는데, 당신이 한 일도 발각이 됐다 이거요 ―

레스터   아니 뭐!

모티머   재상이 포더링헤이 성으로 왔어요, 그 불상사가
있은 후 즉시 말이오, 마리아 여왕의 방을 샅샅이 뒤
졌어요. 그때 그게 나왔어요 ―

레스터   뭐가?

모티머   막 쓰기 시작한 편지죠, 여왕이 당신에게 ―

레스터   운나쁜 여인!

모티머   편지에서 그녀는 당신에게 약속을 지키라고 요청
했소, 결혼약속을 새롭게 다짐하고, 그 사진에 대해서
도 언급했죠.

레스터   죽었구나! 파멸이야!

모티머　벌리 경이 그 편지를 가지고 있소.

레스터　난 끝장이야! (모티머가 이야기를 계속하는 동안 절망하여 왔다갔다 한다)

모티머　이 순간을 이용하시오! 선수를 치시오! 당신을 구하고 그녀를 구하시오 — 무죄를 선언하고 빠져나오시오, 변명을 짜 내시오. 최악을 피하시오! 난 아무것도 더이상 할 수 없소. 동지들도 흩어졌고 조직은 산산조각이 났습니다. 난 급히 스코틀랜드로 가서 새 동지들을 모을 거요. 이제 당신 차례요. 당신의 명망과 용맹성을 시험해 보시오!

레스터　(조용히 서 있다가, 갑자기 생각이 나서) 그러고말고! (가서 문을 열고 사람을 부른다) 여기! 경비병! (경비병들과 같이 들어온 장교에게) 이 대역 모반자를 체포하여 잘 감시하라! 추악한 음모를 적발하였다. 내가 여왕께 직접 보고를 드리겠다. (밖으로 나간다)

모티머　(처음엔 아연실색한다, 곧 정신을 차리고 깊은 경멸의 시선으로 레스터를 바라본다) 이 더러운 놈! — 하지만 내가 벌을 받아 마땅하지! 누가 날더러 저런 비열한 인간을 믿으라 했기에! 내 목을 딛고 빠져나가다니, 내 파멸이 저자에게 구원의 다리를 놓아 주게 되다니! — 그래, 잘 살아라! 내 입을 봉하리니, 나의 파멸에 널 끌고 들어가지 않겠다. 죽음에도 너를 끌어 들이지 않으마, 생명이란 악한의 유일한 자산이니까. (그를 잡으려 다가오는 수비대 장교에게) 원하는 게 뭐냐, 폭군에게 팔린 노예들아? 너희를 경멸한다, 난 자유의 몸이

다! (단검을 뽑는다)

장 교 저자에게 무기가 있다 — 단검을 빼앗아라! (그들이
달려들자 그는 방어한다)

모티머 이 최후의 순간에 나의 가슴은 자유로이 열리리
라. 나의 혀는 저주와 파멸을 너희들에게 뱉으리라.
자기들의 하나님과 진정한 여왕을 배신한 자들아! 지
상에서 마리아를 배신하고, 하늘에서 마리아에게 등
을 돌리고, 사생아 왕녀에게 몸을 판 자들아!

장 교 이 불경스러운 말을 듣고만 있느냐? 저자를 잡아
라!

모티머 사랑하는 여인이여! 나는 당신을 구할 수 없었소,
그래서 당신에게 남자가 무엇인가를 보이려 하오. 성
스러운 마리아, 날 위해 기도해 주오! 그리고 하늘나
라에서 날 당신 곁으로 불러 주오! (칼로 자신을 찌르고
경비병의 팔에 넘어진다)

제 5 장

여왕의 방, 엘리자벳이 손에 편지를 들고 있다. 벌리.

엘리자벳 나를 그곳에 데리고 가다니! 그런 조롱을 받게 하다니! 반역자! 날 승리감에 취하게 해서 자기 정부 앞에 세웠어! 어떤 여자도 이런 식으로 속지는 않았을 게요, 벌리!

벌 리 전 아직도 모르겠습니다, 그자가 무슨 힘으로, 무슨 요술로, 현명하신 폐하를 압도할 수 있었는지 말입니다.

엘리자벳 오, 수치스러워 죽겠소! 그자가 내 약점을 얼마나 비웃었을까! 그녀를 굴복시키리라 믿었는데, 내가 그녀의 조롱거리였다니!

벌 리 이제 제 충언을 알아 보시겠군요!

엘리자벳 오, 내가 크게 벌을 받은 것이오, 당신의 현명한 조언을 멀리한 것 때문에! 하지만 어떻게 내가 그를 안 믿을 수 있었겠소? 그토록 진지한 사랑의 맹세 속에 덫이 있다고 생각이나 할 수 있었겠소? 그런 자가 날 속였으니, 내가 누굴 믿어야 하오. 내가 제일 크게 키워 주고, 늘상 마음 가까이 두었던 자였는데, 이 궁정에서, 주인처럼 왕처럼 행세하게 해 주었거늘!

벌 리 바로 그 시간에 그자는 당신을 배신하고, 스코틀랜드의 가짜여왕에게 갔죠.

엘리자벳 오, 그녀에게 피로써 댓가를 치르게 하리라! ―
그래, 사형집행장은 준비되어 있겠죠?

벌 리 분부대로 준비되어 있습니다.

엘리자벳 그녀는 죽게 될 것이오! 그자는 그녀가 쓰러지
는 것을 보게 되리라, 그런 다음 그녀를 따라 죽게 될
것이오. 그자를 내 마음에서 쫓아냈소, 사랑은 떠났
고, 내 마음엔 오직 복수뿐이오. 서 있었을 때의 높이
만큼, 추락하는 곳은 깊고 치욕적인 것이 되리라! 예
전에 그자가 내 나약함의 본보기였다면, 이제는 내 엄
격함의 기념비가 될 것이오. 그자를 런던탑에 데리고
가시오, 대등한 귀족을 선임하여, 그를 재판케 하겠
소. 가차없이 준엄한 법에 그자를 넘길 것이오.

벌 리 그자가 당신께 들러붙을 텐데요, 자기를 변호하려
고 ―

엘리자벳 어떻게 자기를 변호할 수 있단 말이오? 편지로
죄가 입증되었는데? 오, 죄가 명명백백하지 않소!

벌 리 하지만 폐하는 온유하고 자비스러우신 분이죠, 그
자를 보면, 그자가 당당하게 등장하면 ―

엘리자벳 그자를 보지 않을 것이오. 결코, 결코 다시는!
그자가 오면, 돌려보내라는 명령을 내렸소?

벌 리 그렇습니다!

시 종 (들어오며) 레스터 경입니다!

엘리자벳 혐오스러운 자! 그자를 보지 않겠소! 그자를 안
보겠다 한다고 전하시오!

시 종 제가 감히 백작께, 그런 말씀은 못 드립니다, 제 말

을 안 믿으실 테니까요.

엘리자벳 이렇게 내가 그를 높여 놔서, 시종들이 나보다 그자 앞에서 더 무서워 떠는구나!

벌 리 (시종에게) 여왕께서 그자의 근접을 금하신다! (시종이 망설이며 나간다)

엘리자벳 (잠시 후) 하지만 만약 이런 일은 없을까 — 만약에 그가 자신의 정당함을 입증할 수 있다면! — 이를테면 그게 마리아가 친 올가미라면, 나와 가장 충실한 친구를 이간시키려고 말이오! 오, 그녀는 교활한 계집이오, 편지를 쓴 게, 내 심장을 향해 독기를 뿜고, 자기가 증오하는 그 사람을 불행에 빠뜨리기 위한 것이라면 —

벌 리 하지만, 폐하, 생각해 보십시오 —

제 6 장

레스터 등장.

레스터 (문을 확 열어젖히고, 위세당당한 모습으로 들어온다) 나
     를 여왕의 방에 못들어오게 하는 그 파렴치한을 좀
     봐야겠소.

엘리자벳 흥, 철면피 같으니!

레스터 나를 쫓아내다니! 벌리 같은 자가 여왕을 뵐 수
     있다면, 나도 여왕을 뵐 수 있소!

벌 리 정말 대담도 하시오, 경. 허락하지도 않았는데 막
     쳐들어오고.

레스터 경, 당신이야말로 파렴치하오, 여기서 그런 소릴
     하다니! 허락이라니! 뭐요! 이 궁정에서, 이 레스터
     백작에게, 허락하니 마느니 입을 놀릴 수 있는 사람은
     없소! (공손하게 엘리자벳에게 다가가며) 여왕께서 친히
     하시는 말씀이라면, 내 기꺼이 ─

엘리자벳 (그를 쳐다보지도 않으며) 내 눈앞에서 사라지시오,
     야비한 자!

레스터 나의 착한 엘리자벳, 그 거친 말은 당신의 소리가
     아닙니다, 나의 적 벌리의 말이죠 ─ 나의 엘리자벳에
     게 이야기하겠소 ─ 당신은 저자에게 귀를 빌려 주셨
     소. 나 역시 똑같은 것을 요청하오.

엘리자벳 말하시오, 철면피 같으니! 당신의 죄가 더 커질

것이오! 아니라고 해 보시지!

레스터 이 말썽분자부터 우선 물리쳐 주시오 ― 물러나시오, 경 ― 여왕과 나 사이의 일에 증인은 필요치 않소. 가시오.

엘리자벳 (벌리에게) 그대로 있으시오, 명령이오!

레스터 당신과 나 사이에 제삼자가 웬 말이오! 경배하는 나의 여왕과 처리할 일이오― 내 위치에 합당한 권리를 요청하오 ― 이것은 성스러운 권리요! 그래서 벌리 경의 퇴장을 주장하는 바이오!

엘리자벳 오만한 말투가 아주 당신답소!

레스터 사실입니다, 제게 어울리죠. 그럴 수밖에, 저는 행운아니까요, 당신의 총애와 각별한 사랑을 받아, 누구보다도 높아진 사람이니까요! 당신의 가슴이 제게 이 자랑스런 지위를 부여한 것이오. 그리고 그 사랑이 준 것을, 하나님께 맹세코, 목숨을 다해 지킬 것이오. 저자를 가게 하소서 ― 단 몇 분이면 족히 당신을 이해시킬 수 있소.

엘리자벳 교활한 말로 나를 속이겠다고, 공연한 짓이오.

레스터 당신을 속일 수 있었던 자는 바로 저 떠벌이요, 하지만 나는 당신의 가슴에 호소하고자 하오! 그리고 내가 당신의 총애를 믿고 감행한 일인 만큼, 오로지 당신 가슴에 대고 이를 변호하고자 하오 ― 어떤 심판도

나에 대해 인정할 수 없소, 당신의 애정 말고는!

엘리자벳 부끄러움도 모르는가! 바로 이것이 그대의 죄의

시작이다 — 이자에게 그 편지를 보여 주시오, 경!

벌 리 여기 있소!

레스터 (침착함을 잃지 않고 편지를 훑어본다) 이것은 슈트아르트 여인의 필적이군요!

엘리자벳 읽고, 입을 다무시오!

레스터 (읽고 나서 조용히) 겉보기에는 내게 불리한 것이군요. 하지만, 겉모양으로 나를 판단하지 말길 바라도 되겠소?

엘리자벳 그대가 슈트아르트 여인과 은밀히 내통한 것을 부인할 수 있는가? 그녀의 사진을 받고, 그녀에게 석방의 희망을 준 것을?

레스터 죄의식을 느꼈다면, 적이 내놓은 증거를 부인하는 게 쉬웠을 겁니다. 허나 내 양심은 자유롭습니다. 그녀가 쓴 것이 진실임을 인정합니다.

엘리자벳 자, 이제, 가련한 인간이여!

벌 리 자기 입으로 죄를 시인했군요.

엘리자벳 내 눈앞에서 사라지라! 탑으로 — 이 반역자를!

레스터 나는 반역자가 아니오, 내 실수요, 이런 조치를 당신께 비밀로 한 것은. 하지만 의도는 신실했소, 적을 염탐하여 멸망시키려는 것이었소.

엘리자벳 구차한 변명은 —

벌 리 그래, 당신 생각이란 —

레스터 난 과감한 게임을 한 것이오, 압니다, 그리고 레스터 백작만이 이 궁정에서 이런 모험을 감행할 수 있죠. 내가 이 슈트아르트 여인을 얼마나 증오하는진

세상이 알죠. 내가 누리고 있는 지위와 영예롭게도 여왕께서 내게 베푸신 신임이 내 충실한 마음속의 모든 회의를 물리치기에 충분했죠. 남다르게 당신의 총애를 받고 있는 남자라면 독자적으로 과감한 길을 택하여 자신의 의무를 수행할 수 있는 일이 아니겠소?

벌 리 왜, 좋은 일이었다면 말을 않고 감췄소?

레스터 경! 당신에겐 행동보다 말이 앞서죠, 하는 일을 나발불고 다니죠, 그게 당신 방식이오, 경. 나의 방식은 먼저 행동하고 그런 다음에 말하는 것이오!

벌 리 이젠 말하지 않을 수 없게 되어 말하는 거겠지!

레스터 (도도하게 비웃는 태도로 그를 훑어보며) 그래 자기가 굉장한 일을 수행했다고 자랑하고 있는 것이오? 여왕을 구해 내고, 모반을 밝혀 냈노라고 ─ 당신은 모르는 게 없고, 당신의 예리한 눈은 아무것도 못 빠져나간다 이거죠 ─ 못난 허풍쟁이! 당신 염탐술에도 불구하고, 마리아 슈트아르트는 오늘 또 풀려났소, 내가 막았기에 망정이지.

벌 리 당신이 막았다고 ─

레스터 그렇소, 내가 막았소, 경. 여왕도 모티머를 신임하셨소, 그자에게 자신의 속마음을 열고, 심지어는, ㄱ자에게 마리아의 암살지령까지 내렸죠, 그자의 삼촌이 바로 그 제안을 질겁하고 외면했기 때문이죠 ─말해 보시오! 그렇지 않소? (여왕과 벌리가 마주보며 당황한다)

벌 리 어떻게 알았소, 거기까지? ─

레스터　그게 아닌가요? — 자, 벌리 경! 수천개나 되는 눈은 어디에 두고, 모티머가 당신을 속이는 것도 못 봤소? 그자는 미쳐 날뛰는 교황파요, 귀즈 가문의 도구이고 슈트아르트 여인의 사람이오. 대담무쌍하기 짝이 없는 광신자요, 슈트아르트 여인을 구해내고 여왕을 살해하려고 이곳에 온 것이오.

엘리자벳　(소스라치게 놀라며) 모티머 그자가!

레스터　바로 그자를 이용하여 마리아가 나와 소통할 수 있었죠. 바로 이 루트를 통해 내가 그자와 면식을 갖게 됐죠. 오늘만 해도 그녀를 감옥에서 빼내게 되어 있었소, 바로 그 순간 그자가 제 입으로 그걸 내게 알려 줬소, 난 그자를 체포하게 했소, 그러자 그자는 일이 틀어지고 정체가 탄로난 걸 알고 절망해서, 스스로 목숨을 끊었소.

엘리자벳　오, 이런 듣도보도 못한 속임을 당하다니 — 모티머 그자가!

벌 리　그런데 그게 지금 막 일어난 일이오? 바로 내가 당신을 만나고 떠난 직후에!

레스터　어떻든 정말 유감이오, 그자의 일이 이렇게 끝나게 되어서. 그자가 살아 있다면, 그의 증언으로 나의 결백이 완전하게 입증되었을 텐데, 모든 허물이 깨끗이 정리됐을 텐데. 그래서 그를 재판관의 손에 넘겼을 텐데, 지엄한 법제도가 내 무죄를 온천하에 입증하고 확인시키키도록.

벌 리　그자가 자살했다고 했죠? 그자가 스스로요? 아니면 당신이 그를 죽였소?

레스터 야비한 의심이오! 경비병에게 물어 보시오, 내가 그자를 넘겨 줬으니. (문으로 가서 외친다. 경호장교가 들어온다) 여왕폐하께 보고드리게, 모티머 그자가 어떻게 죽었는지!

장 교 전 현관에서 보초를 서고 있었습니다. 그때 나리께서 문을 확 열고 명령하셨습니다, 그 기사를 모반죄로 체포하라고요. 우리가 보는 데서 그자는 분노해서 단검을 빼들고 여왕께 격한 저주를 퍼부었습니다. 그리고 우리가 저지할 틈도 없이, 자기 가슴에 칼을 찌르고, 바닥에 거꾸러졌습니다 —

레스터 됐네. 나가 보게! 여왕께서 충분히 아시게 됐으니까! (장교가 나간다)

엘리자벳 오, 소름끼치는 이 지옥 —

레스터 자, 당신을 구한 사람이 누구입니까? 벌리 경이었나요? 저 사람이 당신 신변의 위험을 알았답니까? 저 사람이 당신에게서 위험을 제거해 준 사람인가요? — 당신의 충실한 레스터가 당신의 수호신이었소!

벌 리 백삭! 모디머 그자가 당신을 위해 때맞춰 잘 죽어 줬군요.

엘리자벳 뭐라고 말해야 할지 모르겠군요, 당신을 믿기도 하고, 못 믿기도 하고. 당신이 유죄라고 여겨지고, 무죄라고도 여겨지오. 오, 그 가증스러운 여자가, 이 모든 화근을 불러일으킨 게야!

레스터 그녀는 죽어야 합니다. 이제 저 또한 그녀의 죽음

에 동의합니다. 지금까진 당신께 형의 집행을 유예하
라고 조언했습니다, 그녀 때문에 또다시 무장봉기가
일어날 때까지죠. 이제 그 일이 일어났습니다 — 따라
서, 지체없이 형의 집행을 주장하는 바입니다.

벌 리 당신이 그렇게 조언했다구! 당신이!

레스터 이런 극단적인 조치에 의존하게 되는 것이 저로서
도 가슴아픈 일이오만, 이제 내가 보기엔, 여왕의 평
안이 피의 희생을 요구하고 있소. 고로 형집행 명령을
즉시 매듭질 것을 제안합니다.

벌 리 (여왕에게) 레스터 경의 의도가 저렇게 성실하고 진
지하니, 제안컨대, 재판의 집행을 경에게 위임하면 좋
을 듯하옵니다.

레스터 내게요!

벌 리 그렇소 당신에게요. 아직도 당신에게 남아 있는 혐
의를 반박하는데는 지금보다 좋은 때는 없을 것이오.
당신이 그 여자를 사랑했다는 혐의를 받고 있는 차제
에, 친히 그녀의 목을 치게 한다면 말이오.

엘리자벳 (레스터에게 눈을 떼지 않고) 좋은 생각이오. 그렇
게 하시오, 그래요, 꼭 그대로 하시오!

레스터 내 지위로 봐서는 의당 이 서글픈 임무에서 내가
해방되어야 하겠죠. 어떤 의미로든 이 일은 나보다는
벌리 같은 사람에게 어울릴 일이니까요. 여왕 측근의
사람에게 불행한 일을 집행하게 하는 법이 아닌데. 하
지만 내 충정을 증명하기 위해, 내 여왕을 만족시켜
드리기 위해, 내 지위의 특권을 포기하고서, 이 혐오

스런 임무를 넘겨 받겠소.

엘리자벳 벌리 경과 함께 하시오! (벌리에게) 영장을 즉시
작성토록 해 주시오. (벌리가 퇴장한다. 밖에서 소요가 들
린다)

제 7 장

켄트 백작이 들어온다.

엘리자벳 무슨 일이오, 켄트 경? 시내에서 무슨 소요가
   났소 ─ 웬일이오?

켄 트 여왕폐하, 군중이 궁을 둘러싸고, 격렬하게 폐하의
   알현을 요구하고 있습니다.

엘리자벳 내 백성들이 원하는 게 무엇이오?

켄 트 런던에 공포가 확산되고 있습니다. 폐하의 생명이
   위협을 받고, 살인자들이 주위를 배회하고, 그게 교황
   이 당신을 노리고 보낸 거라고 말입니다. 가톨릭교도
   들이 모반해서, 슈트아르트 여인을 감옥에서 무력으
   로 빼내서, 여왕으로 추대하려고 한다고 말입니다. 민
   중들이 그 말을 믿고 분격한 거죠. 슈트아르트 여인의
   머리만이, 이들을 진정시킬 수 있습니다, 그 머리가
   오늘 중에 떨어져야 합니다.

엘리자벳 뭐라구요? 내게 강요하겠다는 건가요?

제 8 장

벌리와 대비슨이 서류를 들고 들어온다.

엘리자벳 가지고 온 게 무엇이오, 대비슨?

대비슨 (진지하게 다가오며) 당신이 명하신 것입니다. 오 폐
하 ―

엘리자벳 그게 무엇이오? (서류를 집으려다가 소스라치게 놀
라며 뒤로 물러선다) 오 하나님!

벌 리 백성들의 목소리를 따르소서, 그것은 하나님의 목
소리옵니다.

엘리자벳 (결단을 내리지 못하고 갈등을 보인다) 오, 경들! 누
가 내게 말해 주겠소, 내가 듣고 있는 게 진정 온 국
민의 소리인지, 온세상의 목소리인지! 아 정말 두렵
기 끝이 없소. 이제 저 사람들의 소망을 따르면, 곧
전혀 다른 목소리를 듣게 되지 않겠소?. 그래요, 지
금 강압적으로 내게 행동을 촉구하고 있는 저들이, 일
이 이행된 후엔 나를 호되게 탓할 것이오!

제 9 장

슈르스베리 백작이 등장한다.

슈르스베리　(몹시 흥분하여 들어온다) 저들이 폐하를 다그치려고 합니다. 흔들리지 마십시오, 동요하지 마십시오 — (대비슨이 서류를 들고 있는 것을 알아 보고) 명령이 떨어진 것인가요? 사실입니까? 손에 불행스런 종이가 보이는데, 그것을 지금은 여왕의 안전에 내밀지 마시오.

엘리자벳　고귀하신 슈르스베리! 나는 강요당하고 있소!

슈르스베리　누가 폐하께 강요할 수 있단 말입니까? 당신은 통치자이십니다. 폐하의 진면목을 보이실 때입니다! 저 난폭한 자들에게 침묵을 명하십시오. 무엄하게도 군왕의 의지에 강압을 가하고, 당신의 판단을 지배하려는 소리들입니다. 공포가, 맹목적 광기가 민중을 동요시키고 있습니다. 당신마저도 제정신이 아니십니다, 몹시 흥분해 계십니다. 당신도 인간입니다, 지금은 판결을 제대로 내리지 못하십니다.

벌 리　판결은 이미 옛날에 난 거요. 지금은 판결을 내릴 때가 아니라 집행을 할 때이오.

켄 트　(슈르스베리가 들어올 때 물러났다가 다시 들어온다) 소요가 증폭되고 있습니다. 군중을 통제하기가 어려워지고 있소.

엘리자벳　(슈르스베리에게) 보셨죠, 저들이 얼마나 내게 강요하는지!

슈르스베리 전 다만 집행의 보류를 요청할 뿐입니다. 이 순간의 일필이 당신 삶의 행복과 평안을 결정합니다. 여러해 동안 심사숙고해 오셨는데, 이순간 와르르 무너져 버려야 되겠습니까? 그저 잠시만 보류하시는 겁니다. 마음을 진정시키시고, 좀더 조용한 시간을 기다리시죠.

벌 리 (격렬하게) 기다리시죠, 망설이시죠, 지체하시죠! 이 나라가 화염에 싸일 때까지, 마침내 적이 암살의 일격을 완수해 낼 때까지. 세번째나 하나님이 여왕의 암살을 물리쳐 주셨소. 오늘의 공격은 간발의 차이로 비껴 갔소, 또 한 차례 기적을 바란다면, 그것은 하나님을 시험하는 것이라 하겠소.

슈르스베리 폐하를 기적의 손으로 네 차례나 지켜 주신 하나님께서, 오늘은 이 늙은이의 쇠약한 팔에 힘을 주시어, 저 광신자를 제압케 하셨소. ─ 그분은 믿을 만한 분입니다. 내가 지금 정의의 목소리를 높이지는 않겠습니다. 지금은 그럴 때가 아니죠. 이같은 폭풍 속에서는 그 소리를 들으실 수 없을 테니까요. 하지만 이것 하나만은 들으십시오! 당신은 지금 살아 있는 마리아 앞에서 떨고 있어요. 살아 있는 자를 두려워할 필요는 없습니다. 죽은 자를, 목이 잘린 자를 두려워하십시오. 그녀는 무덤에서 일어날 것이오, 불화의 여신, 복수의 귀신이 되어, 당신 왕국을 배회하고 백성의 마음을 당신으로부터 돌려 놓을 것입니다. 지금 브

리튼 섬의 시민들은 자기들이 두려워하는 그녀를 증
오합니다. 하지만 그녀가 더이상 살아 있지 않게 되
면, 그들은 그녀의 복수를 할 것입니다. 더이상 자기
네 종교의 적이 아니라, 다만 자기네 왕들의 손녀로
서, 증오와 질시의 제물이 된 것이라고 그 비련의 여
인을 바라볼 것입니다! 곧 그 변화를 보시게 될 것입
니다. 런던 거리를 걸어가 보십시오. 유혈행위가 벌어
진 다음 백성들 앞에 나서 보십시오. 예전에 열광적으
로 당신 주위에 몰려 들었던 그들 앞에요. 전혀 다른
잉글랜드를, 전혀 다른 국민을 보시게 될 것입니다.
당신 주위엔 더이상 정의가 없을 테니까요, 모든 이의
가슴을 사로잡았던 그 찬란한 정의가 없으니까요! 공
포가, 그 끔찍한 폭정의 동반자가, 으스스하게 당신
곁에 꿰어 들겠죠. 그리고 당신이 걷는 거리는 모두
황무지가 되리다. 당신은 최후의 것, 극단을 행한 자
가 되죠. 왕족의 신성한 머리가 떨어지면, 안전하게
붙어 있을 머리가 어디 있겠소?

엘리자벳 아 슈르스베리! 당신이 오늘 내 목숨을 구했소,
자객의 단검을 돌려 놓았소 — 왜 단검이 가는 대로
놔두지 않았소? 그랬더라면 모든 언쟁도 끝났을 테
고, 난 온갖 의혹에서 벗어나 죄없이, 조용한 무덤 속
에 누워 있을 텐데! 정말이오! 나는 사는 것에도 통
치하는 것에도 지쳤소. 우리 여왕 둘 중에서 하나가
죽어야 다른 하나가 산다면, — 난 그밖에는 달리 방
도가 없다고 보오만 — 그렇다면 내가 물러날 수도

있지 않겠소? 내 백성이 선택을 할 것이오, 그들에게 왕위를 반납하겠소. 하나님이 나의 증인이시오, 난 나를 위해 살지 않았소, 오로지 내 백성의 최선을 위해 살았소.백성들이 그 아양스런 슈트아르트 여인에게, 그 젊은 왕녀에게, 보다 더 행복한 날을 기대한다면, 내 기꺼이 왕좌에서 내려와, 홀로 조용히 우드스톡에 돌아가리다, 무념한 내 유년의 삶을 보낸 그곳, 보잘 것없는 속세의 거창한 것들과 멀리 떨어져, 내면의 숭고함을 발견했던 그곳으로 말이오. 나는 통치자로서 적격이 아니오! 통치자는 강인할 수 있어야 하는데, 내 가슴은 여리오. 난 오랫동안 이 섬을 행복하게 통치하였소, 난 다만 이들을 행복하게 해 주기만 하면 됐었죠. 이제 내게 여왕으로서 최초의 막중한 의무가 내려졌소, 그런데 나는 무력함을 느끼고 있소 ─

벌 리 하나님 맙소사! 이런 군왕답지 못한 말씀을, 직접 내 여왕의 입에서 듣고만 있는다면, 그것은 나로선 직무유기요, 조국에 대한 배신일 게요, 이 이상 침묵한다면 말이오, ─ 여왕께선 당신 백성을 사랑한다고 하셨소, 당신 자신보다 더! 이제 그것을 보이십시오! 당신을 위해 평온을 택함으로써, 이 나라를 폭풍 속에 내 맡기지 마십시오. ─ 교회를 생각하십시오! 슈트아르트 여인과 함께 옛날의 그 미신이 되돌아와야 되겠습니까? 승려가 이곳을 새로 통치하고, 로마교황의 사절이 와서 우리 교회의 문을 빗장질하고, 우리 왕들을 폐위시키고 해야 되겠습니까? ─ 당신 신하들의 영혼은 어떻구요, 나는 당신께 그것을 요구합니다 —
폐하가 지금 어떻게 행하시느냐, 그에 따라 그들은 구
원받거나 파멸합니다. 지금 흐물흐물 자비나 베풀고
있을 때가 아닙니다. 국민의 평안이 최고의 의무입니
다. 슈르스베리가 폐하의 생명을 구했다면, 나는 잉글
랜드를 구하겠습니다 — 그것이 더 중요한 일이지요!

엘리자벳 내게 맡겨 주시오! 이런 큰 일에는 조언도 위로
도 사람에게 도움이 안 되죠. 보다 높은 심판자에게
이 일을 고하겠소. 그분께서 가르치시는 대로 행할 것
이오 — 물러들 가시오, 경들! (대비슨에게) 경은 이리
가까이 오시오! (대신들이 퇴장한다. 슈르스베리만 혼자서
잠시 여왕 앞에 서서 의미심장한 시선을 두다가, 이내 깊은 고
통의 표정을 지으며 물러난다)

제 10 장

엘리자벳 (혼자서) 오, 국민의 충복이라니! 치욕적인 노예로다 — 이 우상들의 비위를 맞추는데 난 진력이 났다, 이들을 내면 깊숙이 경멸하면서! 난 언제쯤이나 자유롭게 왕좌에 앉아 있게 된단 말인가! 여론을 존중해야지, 대중의 찬사와 교합하려면. 협잡꾼이나 좋아하는 대중을 잘 대해 줘야지. 오, 세상의 마음에 들어야 하는 자가 어찌 왕이라 할 수 있으랴! 자기 행동에 대해 사람들의 칭찬 따위를 물을 필요가 없는 자만이 진정한 왕이리라. 왜 내가 정의를 행했던고! 왜 평생동안 내 자신의 의지를 기피하였던고! 부득불 처음으로 무력을 써야 할 이때, 바로 자승자박한 셈이 되지 않았는가! 내가 보인 모범으로 내가 저주받은 게야! 전임자였던 스페인의 마리아처럼 내가 폭군이라면, 왕족의 피를 튀게 해도 군소리가 없을 텐데! 하지만 그 경우에 나의 자유로운 선택은 정당한 게 될 수 있을까? 군왕의 자유로운 의지마저 강요하는 막강하기 끝없는 그 필연성이라는 것이 내게 미덕을 명했다. 나를 적지 한가운데서, 각축하는 왕좌에서 지켜주는 것은 오직 국민의 사랑뿐이다. 대륙의 열강이 나를 분쇄시키려고 안달이다. 로마교황은 이를 갈고 내 머리에 파문의 저주를 던진다. 프랑스는 위장된 형제의 키스로써 나를 배신한다. 스페인은 공개적으로 나를 향해 대양의 격전을 준비하고 있다.[1] 나는 이렇게 세계를 상대로 싸우고 있다. 오, 속수무책의 여인이여! 고귀한 미덕으로 적수공권의 내 왕권을, 왕실혈통의 오점을 덮어야 할까? 바로 친아버지가 내게 가한 치욕의 그 오점을! 덮어 봐야 소용없는 일 — 적들의 증오가 그걸 이미 발가벗겨 버렸으니 — 그래서 이 슈트아르트 여인을 내 앞에 세우는 것이다, 영원토록 위협하는 유령을! 안 돼, 이 공포를 끝장내야 해! 그녀의 머리를 쳐버려야 해! 나는 평온을 누리고 싶다! — 그녀는 내 삶에서 복수의 여신이다! 내게 숙명적으로 붙어 다니는 재앙의 유령이다. 내가 기쁨과 희망을 심어 놓은 곳에, 지옥의 독사가 내 길을 막고 있다. 그녀는 내게서 연인을 빼앗아 갔고, 나의 신랑을 강탈해 갔다! 마리아 슈트아르트! 나를 좌절시키

---

1) 결국 마리아 슈트아르트가 처형되자 1588년 스페인은 잉글랜드를 공격한다. 이 아르마다 해전에서 당대 유럽 해군의 최강을 자랑하던 스페인의 무적함대가 패하고 말며, 이때부터 스페인은 유럽 열강의 자리를 영국에 내주고, 점점 국운이 쇠하게 된다. 반대로 잉글랜드는 이때부터 유럽 열강으로서의 발돋움을 시작한다. 오늘날까지의 영국의 성장은 두 여왕의 치세에 바탕을 둔 것인데, 엘리자벳 여왕과 빅토리아 여왕 (19세기 후반)이 그들이다. 엘리자벳은 미혼여왕으로서의 위치를 최대한 이용하여, 유럽의 왕가들을 대상으로 매번 알쏭달쏭한 대답으로, 정략적으로 혼인의 게임을 주도하였다. 스스로도 자신은 잉글랜드와 결혼하였다고 선포했거니와, 그녀는 미혼으로 일생을 마쳤다. 이 처녀여왕에 대한 국민의 사랑 또한 대단해서 후일 아메리카에 건너가서 식민지를 개척한 잉글랜드의 청교도들은 그들의 땅을 '버지니아'로 명명하였다. 바로 처녀여왕을 기리는 지명이었던 것이다.

는 모든 재앙의 이름이여! 그녀가 생명의 세계에서 없어질 때, 나는 자유의 몸이 되리라, 산상의 공기처럼. (침묵) 그녀가 조소하듯 날 내려본 것은 또 뭐야, 날 땅바닥에 내리치기라도 할 것 같은 시선으로! 무력한 여인이여! 내겐 더 좋은 무기가 있다. 그것들이 치명타를 날릴 것이다, 그래 너는 끝장이다! (급한 걸음으로 탁자로 가서 펜을 잡는다) 내가 사생아라고? — 불쌍한 것! 그렇다, 다만 네가 살아서 숨쉬고 있는 한 그렇지! 나를 두고 왕녀의 혈통 운운하는 의심 — 그것은 제거된 것이다, 내가 너를 제거하는 순간에! 브리튼 섬에 더 이상의 선택이 남지 않게 될 때, 나는 정식혼인의 소생이 되는 것이다! (빠르고 확고한 동작으로 서명한다. 이어 펜을 떨어뜨리고 공포스러운 표정으로 뒷걸음친다. 잠시 후 종을 흔든다)

제 11 장

엘리자벳, 대비슨.

엘리자벳 경들은 어디 있는가?

대비슨 흥분한 민중을 진정시키려고 나갔습니다. 슈르스베리 백작이 나타나자, 소요가 잠시 가라앉긴 했습니다. "저 사람이다! 바로 저 사람이다!" 수백명이 소리쳤습니다. "저 사람이 여왕을 구했다! 저이의 말을 들어 봅시다! 잉글랜드에서 가장 용감한 사람이오!" 이어 탈봇 어른께서 부드러운 말로 군중들의 폭력시위를 지적하셨죠, 어찌나 힘차고 설득력있게 말씀하셨든지, 모두들 진정돼서, 조용히 그 자리에서 물러갔답니다.

엘리자벳 변덕스러운 무리들! 바람 한번 불 때마다 휘둘린다니까! 이런 갈대에 의지하는 자가 불쌍한 게지! — 좋소, 대비슨 경, 이제 다시 가도 좋소. (그가 문을 향해 몸을 돌리자) 그리고 이 종이 — 다시 받으시오— 당신 손에 맡기겠소.

대비슨 (서류를 일견하고 깜짝 놀란다) 여왕폐하! 당신의 이름이! 결정을 하신 것입니까?

엘리자벳 — 서명할 수밖에 없었소. 그렇게 했소. 종이 한 장으로 결정이 나는 것은 아니오, 이름 하나로 죽음이 정해지는 것은 아니오.

대비슨 여왕폐하, 당신 이름이, 이 서명 하에, 모든 것을
결정하고 죽입니다. 이것은 날개 달린 번갯불이죠. 이
종이는 위원들과 집정관을 즉각 포더링헤이로 가게
해서 스코틀랜드 여왕에게 사형을 통고하고, 그리고
동이 트자마자 그것을 집행하라는 명령이죠. 이 종이
가 제 손을 떠나는 순간, 그녀의 삶은 끝난 거죠.

엘리자벳 그렇소, 경! 하나님께서 막중한 운명을 당신의
약한 손에 내리셨소. 그분께 간구하여, 지혜의 빛을
받으시오. 나는 가리다. 당신에게 직무를 위임하오.
(가려고 한다)

대비슨 (그녀를 막아서며) 안 됩니다, 여왕폐하! 떠나시기
전에 당신의 뜻을 제게 알려 주십시오. 당신의 명령을
글자 그대로 수행하는 것 말고, 또 다른 지혜가 여기
에 필요한 것인가요? — 이 종이를 제 손에 넘겨 주
시고, 조속히 형을 집행하도록 송부하라는 것입니까?

엘리자벳 그대의 판단에 따를 일이오 —

대비슨 (기겁을 하며) 절대로 제 판단대로 못하옵니다! 하
나님이 허락지 않으십니다! 복종만이 저의 유일한 지
혜입니다. 당신의 시종에게 결정하라고 아무것도 남
겨 두시면 안 됩니다. 작은 실수라도 여기선 군왕살해
죄가 되고, 예측을 불허하는 엄청난 재난이 될 텐데
요. 이 중대한 일에서, 아무 생각 없이 다만 당신의
맹목적 도구가 되도록 허락하여 주옵소서. 분명한 표
현으로 생각을 말씀해 주십시오. 이 사형장을 어찌해
야 하는지요.

엘리자벳　— 그 명칭대로요.

대비슨　그렇다면 이를 즉시 집행하라는 뜻입니까?

엘리자벳　(망설이며) 그런 말은 아니오, 그런 생각을 하니 떨리오.

대비슨　이것을 더 오래 가지고 있으라는 뜻입니까?

엘리자벳　(재빨리) 위험은 그대 일이오. 당신이 결과에 대한 책임을 지시오.

대비슨　제가요? 오, 하나님! — 말하십시오, 폐하! 원하시는 게 무엇입니까?

엘리자벳　(조바심을 내며) 내가 원하는 건 이 불행한 일을 더이상 생각지 않겠다는 것이오. 마침내 이 문제에서 해방되기를 원한다는 것이오. 영원히 말이오.

대비슨　한 마디만 말하시면 됩니다. 오, 말씀하세요. 이 문서를 어찌해야 하는지를 결정해 주십시오!

엘리자벳　난 이미 말했소. 더이상 나를 괴롭히지 마시오.

대비슨　말하셨다구요? 당신은 제게 아무말도 안했어요. 제발 여왕폐하, 기억해 보소서!

엘리자벳　(발을 쿵 구르며) 못 참겠구나!

대비슨　저를 좀 봐 주십시오! 이 직책을 맡은 지 불과 몇 달도 안 됩니다. 저는 궁정과 왕들의 언어를 잘 모릅니다. 저는 단순 소박한 예법 속에 자란 사람입니다. 그러니 당신 종을 참고 보아 주십시오. 제게 가르침을 주시고 제 의무를 분명히 가르켜 줄 낱말을 아끼지 마시옵소서 — (그가 탄원하는 자세로 그녀에게 다가가자, 그녀는 등을 돌린다. 그가 절망하여 멈춰 섰다가 단호한 어조

로 이야기한다) 이 종이를 도로 받으십시오! 이것을 돌
려 받으십시오! 제 손에서 불길이 타오르고 있습니다.
이 끔찍한 사업에서 당신께 봉사할 사람으로 저를 택
하지 마십시오.

엘리자벳 당신의 직무를 수행하시오. (퇴장한다)

제 12 장

대비슨에 이어 벌리가 들어온다.

대비슨 그녀가 가버렸어! 종잡을 수 없게 해 놓고, 이 끔찍한 종이를 남겨 놓고서.— 어떻게 해야 한담? 이것을 가지고 있나? 넘겨 줘야 하나? (들어오는 벌리에게) 오 됐다, 됐다, 벌리 경이 오시는군요! 당신은 나를 이 공직에 불러들인 분이죠! 나를 여기서 해방시켜 주시오. 난 이걸 건네 받았소, 영문도 모르고. 날 원래대로 예전의 그 컴컴한 곳에 다시 돌려 보내 주시오. 여긴 내가 있을 곳이 못 되니까.

벌 리 왜 그러시오, 경? 진정하시오. 판결문은 어디 있소? 여왕이 당신을 불렀는데.

대비슨 여왕은 불같이 화를 내고 날 떠났소. 내게 조언을 주시오! 날 살려 주시오! 이 지옥 같은 의혹의 불안에서 날 건져 주시오. 판결문은 여기 있소 — 서명이 된 것이오!

벌 리 (다급하게) 그래요? 오, 주시오! 이리 주시오!

대비슨 그럴 수는 없어요.

벌 리 뭐라고?

대비슨 여왕은 내게 아직 자기 뜻을 분명히 밝히지 않았소 —

벌 리 분명하게 안 밝혔다니! 서명을 했잖은가, 이리 주시오!

대비슨 집행을 시켜야 되나, 집행시켜서는 안 되나 — 하나님, 전 어찌해야 할지 모르겠습니다.

벌 리 (더욱 강하게 요구한다) 즉시 곧바로 집행시켜야 하오. 이리 주시오! 지체하면 당신은 끝장이야!

대비슨 서둘러도 마찬가지요.

벌 리 바보 멍청이, 정신나간 친구 같으니! 이리 줘! (서류를 낚아채서 황급히 가지고 나간다)

대비슨 (그의 뒤를 급히 따라가며) 뭐하는 게요? 멈추시오! 당신은 날 파멸시키고 있소.

제 5 막

제1막과 같은 방.

제 1 장

한나 케네디가 검은 상복을 입고 열심히 짐꾸러미와 편지를 봉
하고 있다. 울어서 충혈된 눈에 깊고 조용한 고통이 서려 있다.
이따금씩 슬픔 때문에 하던 일을 멈춘다. 그녀가 사이사이 조용
히 기도하는 모습이 보인다. 폴렛과 드러리도 검은 옷을 입고
들어온다. 그 뒤를 따라 여러 하인들이 금은 그릇, 거울, 그림
및 귀중품들을 가지고 들어와 무대 뒤를 메운다. 폴렛이 유모에
게 보석함과 종이 한 장을 건네 주며 손짓으로, 가져온 물건의
목록이 들어 있다고 알린다. 호사품들을 보는 순간 유모의 고통
이 되살아난다. 그녀가 깊은 슬픔에 잠기자 다른 사람들이 다시
그 자리에서 물러난다. 멜빌이 들어온다.

케네디 (그를 알아보자마자 소리를 지른다) 멜빌! 당신이구려!
　　당신을 다시 보게 되다니!
멜 빌 예, 충실한 케네디, 우린 다시 만난 것이오!
케네디 긴긴 고통스런 이별 뒤에!
멜 빌 슬프고 고통스러운 재회이군요!
케네디 오, 하나님, 당신이 왔군요 ―
멜 빌 마지막으로 영원한 작별을 우리 여왕께 고하기 위
　　해서.
케네디 이제야 비로소, 그분이 죽으시는 아침에, 오랫동
　　안 그리던 당신의 출현이 그분께 베풀어졌군요 ― 오,
　　내 소중한 멜빌 경, 어떻게 지내셨는지 묻지 않으리
　　다. 그들이 당신을 우리 곁에서 앗아간 뒤 우리가 겪
　　은 고통을 열거하지 않으리다. 언젠가는 그럴 때가 오

겠죠! 오, 멜빌! 멜빌! 우리가 살아 남아, 이 날을 봐
야 하나요!

멜 빌   서로를 나약하게 하지 맙시다. 목숨이 붙어 있는
한, 나는 울 것이오. 결코 미소로 이 뺨이 밝아질 일
은 없을 것이오. 이 검은 상복을 결코 내게서 치우지
않을 것이오. 영원히 애도할 것이오. 하지만 오늘은
강건한 사람이 될 것이오. 당신도 내게 약속하시오,
고통을 억제하겠노라고, ― 모두가 절망에 자포자기
해도, 우리는 씩씩하고 품위있게, 침착하게 그분 앞에
나서는 것입니다. 그래서 그분의 마지막 길에 지팡이
가 됩시다!

케네디   멜빌! 여왕께서 굳건하게 죽음의 길을 가시는데,
우리의 도움이 필요하시다고 생각한다면 잘못이오!
그분께서는 스스로 우리에게 고귀하신 침착함의 본을
보여 주고 계십니다. 두려워 마십시오! 마리아 슈트
아르트는 여왕으로서, 영웅으로서 죽음을 맞으실 것
이오!

멜 빌   그분이 죽음의 통보를 침착하게 받아들이셨나요?
그분이 준비가 되어 있지 않다고들 그러던데요.

케네디   그렇지 않아요. 우리 주인을 떨게 한 건 전혀 다른
공포였지요. 죽음이 아니라 그녀를 구출하려 했던 자
때문이었소. ― 그자가 우리에게 자유를 약속했죠. 그
날밤 모티머가 우리를 이곳에서 데려가기로 약속했죠.
그래서 여왕께서는 희망과 공포 사이에서, 그 무모한
젊은이에게 자신의 명예와 여왕의 몸을 의탁해도 될

지, 반신반의하면서 아침을 기다리셨죠. — 그때 성에
서 소요가 일어났고, 귀청을 찌르는 소리에, 망치 두드
리는 소리, 우리는 구원자들의 소리로 생각했죠. 희망
이 손짓하고, 감미로운 삶의 충동이 깨어나 억제할 수
없게 됐소. — 그러자 성문이 열리고 — 폴렛이었죠.
그가 이렇게 선포했어요 — 목수들이 발밑에 형틀을
세우고 있다고! (격렬한 고통에 사로잡혀 몸을 돌린다)

멜 빌   정의로우신 하나님! 오, 말해 주시오! 마리아가 이
끔찍한 사태의 변화를 어떻게 견뎠는지?

케네디   (잠시 후 정신을 가다듬고) 목숨이란 점차로 잃어가는
것이 아니더군요! 단번에, 일순간에 순간과 영원의
교체가 이루어지고 맙니다. 그런데 하나님이 이 순간
우리 주인께 단호한 마음으로 지상의 희망을 박차 버
리고 가득한 믿음으로 하늘나라를 붙들게 허락하셨습
니다. 여왕께서는 창백한 공포의 표시도, 원망의 말
한 마디도 안하시고, 여왕의 명예를 잃지 않았습니다.
— 그리고 나서 레스터의 더러운 배신을 알고, 여왕을
위하여 몸바친 아까운 젊은이의 불행한 운명, 그리고
여왕 때문에 마지막 희망을 잃은 노기사의 깊은 통탄
을 전해 늘었습니다. 그때 그분은 눈물을 흘리셨습니
다. 자신의 운명이 아니라, 낯선 이들의 불행이 그분
을 눈물짓게 한 거죠.

멜 빌   그분은 지금 어디에 계시오? 나를 그분께 인도해
줄 수 있겠소?

케네디   마지막 밤을 그분은 기도로 지새웠습니다. 충실한

친구들에게 편지로 작별을 고하고, 자필로 유언장[1]
을 썼습니다. 지금은 잠시 휴식을 취하고 있습니다.
마지막 수면으로 원기를 회복하시겠죠.

멜 빌 그분 곁에 누가 있소?

케네디 의사 버고엔과 시녀들이죠.

---

1) 현재 대영 박물관에 보관되어 있다.

제 2 장

마가렛 컬이 들어온다.

케네디 뭐요, 부인? 여왕은 어떠시오? 잠에서 깼나요?

컬 (눈물을 닦으며) 옷을 차려 입으시고 — 당신을 찾으세요.

케네디 가 보겠소. (따라오려는 멜빌에게) 여왕께서 당신을
     보실 준비가 될 때까지는 따라오지 마세요. (들어간다)

컬 멜빌! 옛날 집사장!

멜 빌 그렇소. 그 사람이오!

컬 오, 이 집은 더이상 집사장이 필요치 않아요! — 멜
     빌! 런던에서 오신 거죠? 내 남편에 대해 말해 줄 수
     없겠소?

멜 빌 그 사람은 곧 풀릴 거라고들 합디다, 즉시 —

컬 여왕이 세상을 뜨면 즉시겠죠! 오, 야비하고 더러운 배
     신자! 그자는 소중한 우리 주인님의 살인자요. 그자의
     증언 때문에 그분께 유죄판결이 난 거라고들 합디다.

멜 빌 그렇소.

컬 오, 그자의 영혼이 저주받아 지옥에 떨어지기를! 그자
     가 위증을 한 거요.

멜 빌 컬 부인! 말씀을 신중하게 하시오!

컬 법정에서 맹세하고 싶소, 그자의 면전에서 거듭 말하
     고 싶소, 이 세상 끝까지 외치리다, 그분은 죄없이 죽

어 가시는 게요 —
멜 빌 오, 하나님 이 일을 허락해 주소서!

제 3 장

버고엔이 들어오고 곧이어 한나 케네디가 들어온다.

버고엔 (멜빌을 알아 보고) 오, 멜빌!

멜 빌 (그를 안으며) 버고엔!

버고엔 우리 주인께 포도주 한 잔 갖다 드리도록 하시오,
어서요! (컬이 나간다)

멜 빌 왜, 여왕이 편찮으신가요?

케네디 그분은 자기가 강하다고 여기지만, 자신의 용기에
속고 계신 거죠. 음식도 필요없다고 여기고 계시죠.
하지만 어려운 싸움이 그분을 기다리고 있어요. 그분
의 적들이 뽐내지 못하게 해야 되거든요, 죽음의 공포
로 그분의 뺨이 창백해진 것처럼 하면 안 되죠, 몸이
쇠약해져서 그런 것을 말이오.

멜 빌 (들어오는 유모에게) 여왕께서 날 보시겠답니까?

케네디 곧 이곳에 친히 납실겝니다. ― 당신은 기이해하
는 표정으로 둘러 보시는 것 같군요. 당신 표정은 이
렇게 묻고 있소 이 죽음의 장소에 호화스런 가구가
웬 말이냐고! ― 오, 경! 우리는 살아 있는 동안 내내
궁핍의 고통을 당했소. 이제 남아 넘치는 것들이 죽음
과 함께 되돌아오는구려.

제 4 장

마리아의 두 시녀가 똑같이 상복을 입은 채 들어온다. 멜빌을
보고 크게 울음보를 터뜨린다.

멜 빌 이게 누구야! 이렇게 만나게 되다니! 게르투르드!
　　로자몬드!
두번째 하녀 그분은 우리를 내보내셨습니다! 마지막으로
　　혼자서 하나님과 이야기를 나누고자 하십니다! (또 하
　　녀 두 명이 들어온다. 역시 상복 차림에 숨을 죽이고 슬픈 표
　　정을 짓는다)

제 5 장

마가렛 컬이 들어온다. 포도주가 든 금잔을 들고 와서 탁자에 놓고, 창백해져 떨면서 의자를 붙든다.

멜 빌 웬일이오, 부인! 무엇이 그리 무섭소?

컬 오, 하나님!

벌 리 무슨 일이오?

컬 내가 본 게 뭔 줄 아나요 —

멜 빌 정신 차리시오! 무슨 일인지 말해 보시오.

컬 포도주잔을 들고서 아래층 홀로 통하는 계단을 오르고 있었는데, 마침 문이 열려 있었어요, — 들여다보았더니 — 내가 본 것은 — 오, 하나님!

멜 빌 무엇을 보았소? 진정하시오!

컬 모든 벽엔 검은 휘장이 쳐 있었고, 커다란 형틀이 검은 천에 덮여서, 마루 위에 우뚝 세워져 있었어요. 한복판엔 시커먼 상자, 방석 그리고 그 옆엔, 날이 번득선 도끼가 있었고 — 홀엔 사람들이 꽉 차 있었어요. 그들은 단두대에 몰려와 피에 굶주린 빌긴 눈으로 제물을 기다리고 있었어요.

시녀들 오, 하나님, 우리 주인님께 자비를!

멜 빌 진정들 하시오! 여왕께서 오십니다!

제 6 장

마리아가 들어온다. 흰 옷으로 성장을 하고, 목에 작은 구슬 목걸이를 달고 있다. 거기에 '신의 어린양'[2)]이 달려 있다. 염주가 허리띠에 매달려 있고, 손에 십자가를 쥐고 있다. 머리엔 왕관띠를 두르고 있고, 커다란 검은 베일이 뒤로 젖혀져 있다. 그녀가 들어오자 사람들이 양쪽 뒤로 물러서며, 격렬한 고통의 표정을 짓는다. 멜빌이 부지중에 무릎을 꿇고 쓰러진다.

마리아 (근엄하게 전체를 둘러보며) 무엇이 서러운가? 왜들 우는가? 내 고통이 마침내 종착역에 다가왔으니, 마땅히 나와 함께 기뻐해야 할 일인데. 내 사슬이 떨어져 나가고, 감옥이 열리고, 내 영혼은 기쁨에 넘쳐 천사의 날개를 타고 영원한 자유를 향해 날아갈 것이오. 오, 나는 적의 손아귀에서, 비천한 것을 참고 살았소 — 그것은 자유로운 위대한 여왕에 걸맞지 않은 일. 그때가 날 위해 울었어야 할 때였다오! — 쾌적하게, 위무하듯, 죽음이 다가오고 있소. 엄숙한 친구여! 그가 검은 날개로 나의 오욕을 덮어 줄 것이오 — 제아무리 비천해진 인간일지라도 그 마지막 운명으로 고귀해질 것이오. 이제 나는 다시 머리 위에 왕관을 느끼오. 내 고귀한 영혼에 소중한 자부심을 느끼오! (몇 걸음 앞으로 나가다가) 아니, 멜빌이 여기에! — 이러지

---

2) Agnus Dei: 승리의 깃발을 단 어린 양이 새겨진 밀납 장신구.

마시오, 경! 일어나요! 그대는 여왕의 승리를 보러온 것이지, 죽음을 보러온 것이 아니라오. 내게 꿈도 꿔 보지 못했던 행운이 주어진 게요. 사후 내 이름이 적의 손에 완전히 넘어가진 않게 됐으니. 한 친구가, 내 신앙의 동지가 죽음의 순간에 나의 증인이 되어 줄 테니까. ― 말해 보오, 귀한 기사님! 어찌 지냈소? 내 곁에서 강제로 떨어져 나간 후, 이 불미스러운 적의 나라에서. 당신 걱정에 가슴이 아플 때가 많았소.

멜 빌 당신으로 인한 고통, 그리고 당신을 섬기지 못하는 무력함, 그것 말고는 가슴을 누르는 상실이 없었습니다!

마리아 시종 디디어 노인은 어찌 지내오? 충성스런 그이 는 벌써 영원한 잠을 자고 계시나요? 그때도 나이가 많았죠.

멜 빌 하나님이 그런 은총을 내리지 않았답니다. 살아서 젊은 당신이 묻히시는 것을 보게 되었으니요.

마리아 죽기 전에 단 한 사람만이라도 사랑하는 혈친의 머리를 안아 볼 수 있는 행운이 주어진다면 얼마나 좋을까! 하지만 낯선 자들 속에서 죽어야 하니, 오직 그대들의 눈물만 보게 되었구려! ― 멜빌, 내 마지막 소망을 당신의 소중한 가슴에 남기려 하오 ― 가장 믿음깊은 왕이신 나의 시동생, 그리고 프랑스의 모든 왕가에 나의 축복을 전해 주오. 나의 삼촌 추기경과 내 사촌 앙리 귀즈에게도. 교황에게도, 성스러운 그리 스도의 대리인으로서 내게 다시 축복을 내리실 그분 께도 축복을. 그리고 가톨릭의 왕께도, 용감하게 나의 구원과 나의 복수를 자청하신 그분께도. 그분들을 모두 내 유서에 써 놓았소. 그들은 내 사랑의 선물을 받게 될 것이오. 비록 보잘것없지만 하찮게 여기진 않을 것이오. (사람들을 향해서) 그대들을 프랑스 왕가의 형제에게 부탁했소. 그분이 그대들을 돌보고 새 조국을 선사할 것이오. 그대들에게 내 마지막 청이 가치가 있다면, 잉글랜드에 남지 말아 주오, 브리튼 섬 사람들이 그대들의 불행을 보고 희희낙락거리지 못하게. 나를 섬긴 사람들이 진흙바닥에 사는 것을 보지 않게. 이 십자가상에 대고 맹세해 주오, 내가 죽으면 즉시 이 재난의 땅을 떠나겠노라고!

멜 빌 (십자가를 만지며) 여기 모든 이의 이름으로 당신께 맹세하옵니다.

마리아 가련한 이 몸이, 수탈은 당했지만, 아직 가진 게 있소. 내 뜻대로 처분할 수 있는 게 있소. 그것을 그대들에게 나누어 주리다. 내 마지막 소망을 길이 기억해 주길 바라오. 내 저승 길에 걸칠 옷도 그대들 것이오. ― 다시 한번 지상의 영광을 나의 천국 길에 허락해 주오. (젊은 처녀에게) 말릭스와 게르트루드, 그리고 로자문드, 내 진주와 의복을 주겠다. 젊으니까 치장하는 것을 좋아하겠지. 그리고 마가렛, 누구보다도 넌 관용을 얻게 되리라. 너는 내가 남겨 두고 떠나는 사람 중에서 가장 불행한 사람이니까. 네 남편의 잘못을 네게 복수하지 않겠다. 그것이 내 유언에서 밝혀질 것이다. 오, 나의 충실한 한나, 값진 금이나 호화로운

보석 따위는 당신에게 아무런 매력이 없을 거야. 한나
에게 가장 값진 보물은 나에 대한 추억이겠지. 이 수
건을 받아요! 내 손으로, 한나를 위해, 고통의 시간에
뜨거운 눈물로 짜 만든 것이라오. 때가 되면 이것으로
내 눈을 묶어 줘요. 이 마지막 봉사를 오직 나의 한나
로부터 받고 싶어.

케네디 오, 멜빌! 나는 견딜 수가 없소!

마리아 모두들 오시오! 와서 내 마지막 작별인사를 받으
시오! (그녀가 손을 뻗자, 한 사람씩 그녀의 발치에 무릎 꿇
고 통렬히 울며 손에 입을 맞춘다) 잘 있어, 마가렛, — 앨
릭스, 잘 살아라 — 버고엔, 그대의 충직한 봉사에 감
사하오 — 입술이 불처럼 뜨겁구나, 게르트루드. —
나는 미움도 많이 받고, 사랑 또한 많이 받았다! 좋은
남자가 나의 게르트루드를 행복하게 해 줄 거야. 사랑
은 이렇게 뜨거운 가슴을 구하는 법이니까. 베르타!
너는 보다 훌륭한 것을 선택했구나. 하늘의 순결한 신
부3)가 되기로 했다니까! 오, 서둘러 너의 맹세를 실
행하려무나! 속세의 자산은 거짓된 것, 그건 네 여왕
을 보면 알 것이다! — 이제는 그만! 잘 살아요! 잘
살아요! 영워히 잘 살아요! (갑자기 그들로부터 몸을 돌
린다. 멜빌만 빼놓고 전부 물러난다)

---

3) 수녀.

제 7 장

마리아, 멜빌.

마리아   이제 모든 유한한 것을 다 정리했소. 누구에게도
빚지고 이 세상을 떠나고 싶지 않소 — 다만 한 가지
마음이 불안하여 홀가분하게 날르지 못하게 하는 것
이 있소, 멜빌.

멜빌   제게 털어놓으십시오. 마음을 홀가분하게 먹고 당신
의 충실한 친구에게 근심을 털어 놓으십시오.

마리아   나는 이제 영원의 문턱에 있소, 곧 최고의 판관
앞에 서게 될텐데, 여태껏 성스러운 그분과 화해하지
못했소. 내 교회의 사제를 요청했지만 거부되었소. 난
성례 때 하늘나라의 음식을 가짜 사제의 손에서 받는
걸 거부하겠소. 내 교회의 신앙 속에서 죽고 싶소. 그
것만이 축복을 줄 수 있는 것이니까요.

멜 빌   마음을 편히 가지시옵소서. 하늘나라에서는 의식의
수행이 아니라 뜨겁고 신실한 소망이면 됩니다. 폭군
의 권력은 두 손만을 묶을 수 있습니다. 마음의 기도
는 막힘없이 하나님께 오릅니다. 언어는 생명이 없는
것, 믿음이 생명을 부여합니다.

마리아   아, 멜빌! 마음만으로 족한 게 아니오. 최고의 신
성을 얻기 위해 믿음은 지상의 보장을 필요로 하죠.
그 때문에 하나님이 인간의 몸이 되어, 보이지 않는

하늘의 선물을 눈에 보이는 한 육신 속에 담은 것이
죠. ─ 교회는 성스럽고 높은 것으로서, 우리에게 하
늘에 이르는 사다리를 놓아 주죠, 이름하여 바로 만인
의 가톨릭 교회라는 것이죠. 모든 이의 믿음만이 믿음
을 강하게 합니다. 수천명이 기도하고 경배하는 곳에
불길이 타오르고, 영혼이 날개를 달고 하늘로 날아가
죠. ─ 오, 주님의 집에 모여 기쁨의 기도를 나누는
사람들은 얼마나 행복한 사람들인가! 제단이 장식되
고, 촛불이 밝게 비치고, 종소리가 울리고 향내가 진
동한다! 주교가 깨끗한 미사복을 차려 입고, 성만찬
의 기적4)을 선포한다! 그러면 임재하신 하나님 앞에
믿음의 확신에 찬 사람들이 엎드려 쓰러지고! 아, 나
만이 제외되었다오. 하늘의 축복이 이 감옥까진 미치
지 못하오.

멜 빌 축복이 당신에게 달려올 거요! 이미 당신 가까이
와 있습니다! 전능하신 하나님을 믿으십시오 ─ 시든
막대가 신앙의 손 안에서 나뭇가지를 만들어 낼 수
있소! 바위를 쳐서 샘물을 내리신 그분께서5) 감옥에
제단을 마련해 주실 수 있습니다. 그분은 이 잔을, 지
상의 청량제를, 즉시 하늘의 칭량제로 변화시켜 주실
수 있으십니다. (탁자에 놓인 잔을 꽉 붙잡는다)

마리아 멜빌! 당신 말을 내가 알아 들었을까요? 네! 알아

---

4) 가톨릭의 성화이론에 의하면 성만찬에서 빵과 포도주가 예수의 살과 피
   로 변한다.
5) 출애굽기 17장 1~7절 참조.

들었어요! 이곳엔 사제도, 교회도, 성체의식도 없소.
— 하지만 대속자가 말씀하시길 "두 명이 나의 이름
으로 모이면, 그곳에서 내가 너희 가운데 있으리라
."6) 사제를 주님의 입이 되게 하는 일이 무엇인가
요? 순결한 마음, 오점 없는 삶이죠! — 그러니, 그대
비록 서품을 받지 않았지만 나의 사제가 되는 것이오.
내게 평화를 가져다 줄 하나님의 사자가 되는 것이오.
— 그대에게 내 마지막 고해를 하고 싶소, 그대의 입
으로 나의 죄를 사하여 주시오.

멜 빌 당신 가슴이 그처럼 강렬하게 이를 소망한다면, 이
것을 알아 두십시오, 여왕폐하, 하나님께서도 기적을
행하사 당신께 위로가 되실 수 있음을. 이곳엔 사제도
없고, 교회도 없고, 주님의 육신도 없다고 하셨죠?
— 잘못 생각하신 것이오. 이곳엔 사제가 한 사람 있
습니다.7) 그리고 하나님이 와 계십니다. (말을 하며 그
는 모자를 벗고, 동시에 금접시에 든 성찬의 빵을 그녀에게 내
민다) — 나는 사제요, 당신의 마지막 고해를 듣고 죽
음의 길을 가는 당신에게 평화를 선포하겠소. 나는 머
리 위에 일곱 번의 서품을 받았소.8) 그리고 이 성체
를 성부로부터 당신께 전해 주겠소.9) 그분께서 직접
축복을 내리신 이 성채를.

---

6) 마태복음 18장 20절.
7) 실제 인물 멜빌은 개신교도였다.
8) 원래 사제서품엔 여섯 단계의 의식이 있다.
9) 실제로 교황이 마리아에게 성체를 보냈음이 브랑톰과 흄의 역사에 기록
   되어 있다.

마리아 오, 죽음의 문턱에서 내게 아직 천상의 행복이 마
련되어 있다니! 영원하신 분이 황금구름을 타고 내려
오듯, 그 옛날 천사가 감옥의 사슬에서 사도를 꺼냈을
때처럼, 빗장도, 간수의 칼도 그를 묶지 못하리라. 그
가 힘차게 닫힌 문으로 들어와서, 찬란한 모습으로 감
옥에 서 계시도다![10] 이렇듯 하늘의 사자가 나를 놀
라게 하는데 지상의 구원자들은 모두 나를 속였다오!
— 그리고 그대, 예전엔 나의 시종, 지금은 높으신 하
나님의 시종이시고 성스러운 입이시여! 예전에 내 앞
에서 무릎꿇던 당신처럼 이제 난 당신 앞에서 바닥에
엎드리리다. (그의 앞에서 쓰러진다)

멜 빌 (그녀에게 십자가의 성호를 그으며) 성부, 성자, 성령의
이름으로! 마리아, 여왕이시여! 마음을 점검하셨습니
까, 맹세하겠습니까? 진리의 하나님 앞에서 진실을
고백할 것을 서약하시겠소?

마리아 그분과 당신 앞에서 저의 가슴은 열려 있습니다.

멜 빌 말하시오, 하나님과의 마지막 화해가 있은 이후,
당신의 양심에 거리끼는 죄가 무엇인지.

마리아 질시와 증오가 제 가슴에 가득했습니다. 복수의
일념이 가슴 속에서 광란하고 있었습니다. 이 죄인을
용서해 주시길 하나님께 바라면서도, 그러나 내 적을
용서하진 못했습니다.

---

10) 사도행전 5:17 — 5:19 참조: "대제사장과 배석한 자들이 〔…〕 사도
들을 잡아다가 옥에 가두었다. 하지만 주의 사자가 밤에 옥문을 열고 끌
어내어 〔…〕"

멜 빌 죄를 참회하십니까? 화평한 마음으로 세상을 하직
하기로 진정 결심하셨습니까?

마리아 진실로 하나님의 용서를 바랍니다.

멜 빌 또 어떤 죄가 당신의 마음에 걸립니까?

마리아 아, 증오뿐이 아니죠. 죄악을 사랑함으로써 하나
님을 모욕했습니다. 허황된 마음이 그 남자에게 끌려
갔죠. 신의없이 날 버리고 속인 그 남자에게!

멜 빌 그 죄를 참회하시나요? 당신의 가슴을 허황된 우상
으로부터 하나님께로 돌렸나요?

마리아 그것이 내가 이겨 낸 가장 힘든 투쟁이었죠, 지상
의 마지막 사슬이 부서진 것이죠.

멜 빌 양심의 가책이 되는 또 다른 죄가 있습니까?

마리아 아, 옛날의 죄가 있어요, 벌써 오래 전에 고해했
어요. 그것이 새삼 이 마지막 결산의 순간에 엄청난
공포로 돌아옵니다, 시커멓게 내 천국의 문 앞에서 요
동합니다. 난 내 남편 왕이 살해당하도록 내버려뒀어
요. 그리고 유혹자에게 나의 가슴과 손을 선사했죠.
갖가지로 고회하며 통렬히 속죄하였지만, 내 영혼에
서 벌레가 아직도 잠들지 않고 있습니다.11)

멜 빌 마음을 괴롭히는 또 다른 죄가 있습니까? 아직 고
해하지 않고 속죄하지 않은 죄가.

마리아 이제 당신은 내 가슴을 압박하는 것을 모두 다 들
으셨습니다.

---

11) 마가복음 9장 48절 참조: "거기는 구더기도 죽지 않고 불도 꺼지지
아니하느니라."

멜 빌   전지자 하나님을 가까이 느끼십시오! 성스러운 교
회가 불충분한 고해에 벌을 내린다는 것을 잊지 마십
시오! 그것이야말로 영원한 죽음에 이르는 죄입니다.
성령에 거역하는 죄이니까요!12)

마리아   영원한 은총, 최후의 전쟁에서의 승리를 제게 허락
하소서. 알면서도 당신께 고하지 않은 것은 없습니다.

멜 빌   어떻게요? 당신의 하나님께 그 범죄를 숨기시렵니
까? 바로 그 때문에 사람들이 당신을 벌하고 있는데?
바빙턴과 패리의 대역모반에 담긴 당신의 핏자국에
대해선 말씀하지 않았소. 그 일로 당신은 지상의 죽음
을 맞습니다. 하지만 그 일로 영원한 죽음까지 맞으려
하십니까?

마리아   저는 영원한 나라에 갈 준비가 되어 있어요. 시계
의 분침이 자리를 옮기기도 전에 전 재판관의 보좌
앞에 서게 될 것입니다. 하지만 거듭 말하건대, 전 고
해를 다 했습니다.

멜 빌   잘 생각해 보십시오. 가슴은 거짓말을 합니다. 마
음은 범죄에 가담했지만, 교활하고 애매하게 죄 될 말
을 회피했는지도 모릅니다. 하지만 알아 두시오, 어떤
속임수로도 내면을 들여다보는 불관은 눈길은 못 속
입니다.

마리아   모든 군주들에게 치욕의 사슬에서 저를 해방시켜
달라고 청원했습니다. 하지만 결코 마음으로나 행동

---

12) 마태복음 12장 31절 참조: "그러므로 내가 너희에게 이르노니, 모든
죄와 훼방은 사함을 얻되 성령을 훼방하는 것은 사함을 얻지 못하리니."

으로나 적의 생명을 건드리지는 않았습니다.

멜 빌 그렇다면 비서가 거짓증언을 했다는 것인가요?

마리아 말했다시피 그렇습니다. 그들이 증언한 것은 하나님이 심판하실 것이오!

멜 빌 그렇다면 무죄를 확신하며 단두대에 오를 수 있으시겠습니까?

마리아 이 죽음은 부당합니다, 다만 하나님이 이것으로써 옛날의 피비린내나는 무거운 죄를 대속하게 해 주시고 있습니다.

멜 빌 (그녀에게 축복의 성호를 그으며) 그러면 가십시오. 죽음으로써 그것을 속죄하십시오! 제단에 바쳐진 제물이 되십시오. 피의 범죄는 피로써만 속죄되오. 오직 여인의 나약함이 당신을 실족케 했던 것이오. 인간의 나약함은 영혼의 축복을 좇지 않아서 천국의 성화에 이르지 못하죠. 하지만 나는 풀어 주고 결박하는 힘을 부여받은 몸으로서 선포하오, 당신을 모든 죄에서 사하노라! 당신의 믿음대로 이루어지리다![13] (그녀에게 성체를 건네 준다) 그분의 육신을 받으십시오, 당신을 위해 제물되신 분입니다! (탁자에 놓인 잔을 들고 묵도의 성례를 하고 그녀에게 내민다. 그녀는 머뭇거리다 손으로 그것을 물리친다) 이 피를 받으소서, 당신을 위하여 흘린 피옵니다! 죽음에 임하는 당신에게 제왕의 최고권세가, 제사장의 권세가 허락되셨습니다! (그녀가 잔을 받아든다) 현세의 육신 속에서 하나님과 신비롭게 결합됐으

---

13) 마태복음 9장 29절 참조.

니, 당신은 이제 그분의 환희의 왕국에 있게 됩니다.
그곳엔 죄악도 없고 비탄도 없습니다. 당신은 아름답
게 성화된 천사가 되어 영원토록 하나님과 한몸이 될
것입니다. (잔을 내려놓는다. 소음이 들리자 그가 머리를 가
리고 문으로 간다. 마리아는 조용히 무릎을 꿇은 채 기도한다)

멜 빌 (돌아와서) 또 하나 당신께 격렬한 투쟁이 아직 남아
있습니다. 회한과 증오의 모든 충동을 이겨낼 만큼 담
대하신지요?

마리아 다시 후퇴하게 되지는 않을 것 같습니다. 증오도,
사랑도 다 하나님께 바쳤으니까요.

멜 빌 그렇다면 이제 레스터와 벌리 경을 맞을 준비를 하
십시오. 그들이 와 있습니다.

제 8 장

벌리, 레스터, 폴렛이 등장한다. 레스터는 눈을 쳐들지 못한 채
멀치감치 떨어져 있다. 벌리가 그의 침착한 모습을 주시하면서
그와 여왕 사이로 걸어 들어온다.

벌 리 레이디 슈트아르트, 당신의 마지막 명을 받고자 왔
  습니다.

마리아 고맙소, 경!

벌 리 온당한 청이라면 아무것도 거절치 말라는 게 여왕
  님의 뜻입니다.

마리아 유서에 마지막 소원들을 조목조목 기록했소. 그것
  을 폴렛 기사의 손에 넘겼소. 충실히 이행해 줄 것을
  청하오.

폴 렛 그 점은 믿으십시오.

마리아 청컨대 내 시종들을 다치게 말고, 스코틀랜드이던
  프랑스이던 그들이 원하는 대로 가게 놓아 주시오.14)

벌리 원하시는 대로 될 것이오.

마리아 그리고 내 시신이 성례받은 땅에서 쉬게 되지는
  않을 테니까, 수고스럽지만 이 충실한 시종을 시켜 내

---

14) 마리아의 시종들은 1587년 10월까지 포더링헤이 성에 억류되어 있다
  가 석방되었다. 버고엔은 프랑스로 건너가 앙리 3세에게 마리아의 처형
  을 보고하고 제인 케네디와 멜빌은 스코틀랜드로 건너가서 서로 부부가
  됐다. 컬 내외는 안트워프로 가서 순교자 마리아 슈트아르트의 제사에
  헌신하였다.

심장을 프랑스의 가족에게 갖다 주게 해 주시오.15)
— 아! 내 마음은 언제나 그곳에 있었다오!

벌 리 그렇게 하겠소! 그밖에 또 —

마리아 잉글랜드 여왕께 이 자매의 인사를 전해 주시오
— 그녀에게 말하시오, 이 죽음에 대해 진심으로 그녀
를 용서한다고. 어제 있었던 나의 격한 태도를 뉘우치
며 용서를 구한다고. — 하나님이여, 그녀를 지키시고
행복한 치세를 누리게 해 주소서!

벌 리 그런데 말입니다! 당신은 아직까지 보다 좋은 말씀
을 택하지 못했나요? 여전히 교구사제의 조력을 거부
하십니까?

마리아 나는 나의 하나님과 화해를 마쳤소 — 폴렛 경!
난 본의아니게 당신께 많은 괴로움을 끼치고 연로하
신 당신의 진을 빼게 했소 — 오, 원컨대, 날 기억하
며 증오하지 마시길 바라오.

폴렛 (그녀에게 손을 내밀며) 하나님이 당신과 함께 하시길!
편히 가십시오!

---

15) 마리아는 가톨릭 구역이 아닌 페터보로 성의 교회에 묻히게 되어 있었
다. 그녀는 1586년 12월 15일. 엘리자벳에게 보내는 편지에서 프랑스
에 묻히게 해달라고 청했다. 잉글랜드 정부는 그녀를 위해 성례의식을
베풀어 줄 만한 성의를 갖고 있지 않았다. 따라서 처형 당시의 소지품
일체, 그리고 그녀의 내장과 심장까지도 포더링헤이 성의 뜰에서 소각
처리했다. 마리아의 아들 제임스의 재위기간 중에 시신의 남은 부분이
웨스트민스터 사원으로 옮겨져 엘리자벳의 무덤 근처에 매장되었다.

제 9 장

한나 케네디와 다른 시녀들이 공포에 질린 모습으로 몰려 들어
온다. 집정관이 하얀 지팡이를 들고 그들을 따라온다. 바로 그
뒤쪽 열린 문을 통해 무장군인들이 보인다.

마리아   무슨 일이야, 한나? — 그래 시간이 왔구나! 집정
관이 나를 죽음으로 인도하려고 오는구나. 이제 하직
해야지. 잘 살아요! 잘 살아요! (여인들이 오뇌하며 그녀
를 붙든다)

마리아   (멜빌에게) 오 귀하신 분, 그리고 내 충실한 한나,
내 마지막 가는 길에 동행해 줘요. 경이 이런 호의를
거절하지는 않겠죠?

벌 리   내 권한이 아니오.

마리아   뭐라구요? 이런 작은 청을 거절할 수 있단 말이
오? 내가 여성이라는 사실을 배려하시오! 누가 내 마
지막 시중을 해야 되겠소! 내 자매의 뜻은 결코 그렇
지 않을 게요. 나로 인해 여성이 모욕을 받고 남자들
의 거친 손이 내게 닿는 것을 원하지 않을 게요.

벌 리   어떤 여자도 당신과 함께 단두대의 계단을 오를 수
는 없소 — 울고불고 할테니 —

마리아   그러지 않을 것이오! 자제심있는 한나를 내가 보
증하겠소! 호의를 베푸세요, 경. 오, 죽음의 순간에
내 충실한 보호자이자 유모로부터 나를 떼놓지 말아

요! 내가 태어날 때 그녀가 두 팔로 나를 받았어요,
그녀의 부드러운 손으로 죽음으로 인도하게 해 줘요.

폴 렛 (벌리에게) 그렇게 해 주시오.

벌 리 그렇게 하시오.

마리아 나는 이제 더이상 이 세상에 바랄 것이 없소 —
(십자가를 쥐고 입을 맞춘다) 나의 구세주! 나의 구원자
이시여! 십자가에 팔을 벌리신 그 모습대로, 활짝 팔
을 벌려 저를 받으시옵소서! (걸어가려고 몸을 돌리는 순
간, 레스터 백작이 눈에 들어온다. 그는 그녀가 자리를 뜨려
하는 순간 무의식 중에 그녀의 모습을 좇아 쳐다본다. — 그
순간 마리아가 부르르 떤다. 무릎이 말을 듣지 않아 막 쓰러지
려고 하자, 레스터 백작이 그녀를 붙들고 자기 팔에 안는다.
그녀는 한참동안 아무 말 없이 진지한 표정으로 그를 응시한
다. 그는 그녀의 시선을 견디지 못한다. 마침내 그녀가 말문을
연다) 약속을 지키시는군요, 레스터 백작 — 당신은
당신의 팔로 이 감옥 밖으로 날 꺼내 줄 거라고 약속
하셨죠. 그래서 이제 내게 그 팔을 빌려 주시는 거군
요! (그가 죽은 듯 서 있다. 마리아가 부드러운 목소리로 계
속한다) 그래요, 레스터. 당신 손을 빌려 내가 얻으려
한 것이 자유만은 아니었어요. 당신이 내게 자유를 값
지게 해 줬을 텐데. 난 당신 팔에 의지하여, 당신 사
랑으로 행복해져, 새로운 인생을 누리고자 했으니까
요. 이제 난 세상을 하직하는 길을 떠나오, 축복받은
영혼이 되어, 속세의 애착으로 시험받지 않게 되었소.
이제야 비로소, 레스터 경, 나는 부끄러움으로 얼굴
붉히지 않고 내 나약함의 극복을 고백할 수 있게 됐

군요. 잘 사세요, 할 수만 있다면 행복하게 사세요!
당신은 두 여왕에게 청혼할 수 있었소. 연연한 사랑의
가슴을 비웃고 배신하고, 도도한 가슴을 쟁취하려 했
소. 엘리자벳의 발 아래 무릎을 꿇으시오! 당신이 받
은 상급이 벌이 되지 않게 하시오! 잘 사시오! — 이
제 지상에서 내게 남은 것은 없소!

제 10 장

레스터 (홀로 남아서) 내가 아직도 살아 있구나! 아직도 목숨을 부지하고 있구나! 지붕이 무너져 내려 날 덮쳐 버리지 않고! 땅구덩이 열려 이 불쌍하기 짝이 없는 것을 삼켜 버리지 않고! 내가 무엇을 잃은 게지? 얼마나 값진 보석을 던져 버렸단 말인가! 난 하늘이 주신 엄청난 행운을 내동댕이쳐 버리지 않았는가! — 그녀는 떠난다, 이미 성령이 되어서, 그런데 나에게는 저주받은 자의 절망만 남겨졌다. — 그런데 내 가슴의 소리를 가차없이 짓눌러 온 결단은 어디에 가 있는가! 그녀의 머리가 떨어지는 것을 꼼짝않고 지켜 보겠다던 그 결단은! 그녀를 보자, 죽었던 수치심이 잠에서 깨어났는가? 그녀가 죽으면서 사랑의 끈으로 나를 꽁꽁 묶어 버렸나? — 버림받은 자여, 그건 네게 어울리지 않다, 동정에 연연하여 여자처럼 녹아 버리는 것은. 사랑의 행복은 너의 길이 아니려니, 청동갑옷으로 네 가슴을 입히고, 너의 머리를 바위가 되게 하라! 수지스런 행위의 포상을 잃지 않으려면, 과감하게 끝까지 밀고 나가야 한다! 연민이여, 입을 다물라, 두 눈이여, 돌이 되어라. 그녀가 쓰러지는 것을 보리라, 증인이 되리라. (단호한 걸음으로 마리아가 지나간 문으로 다가간다. 그러나 도중에 멈춰 선다) 소용없어! 안 돼! 지옥의 공포가 나를 사로잡고 있어, 그 끔찍한

일을 볼 수 없어, 그녀가 죽는 것을 볼 수 없어 — 가
만, 무슨 소리였지? 사람들이 벌써 아래에 와 있군
— 내 발 밑에서 끔찍한 공사를 준비하고 있군! 목소
리가 들리는구나 — 나가라! 저 밖으로! 이 공포와
죽음의 집 밖으로 멀리! (다른 문으로 도망가려 한다. 그
러나 문이 잠긴 것을 보고 되돌아온다) 아니, 어느 신이 날
바닥에 묶어 놓았나? 바라보기 무서우니 귀로라도 들
어야 한다는 말인가? 사제의 목소리 — 그녀에게 훈
계하는군 — 그녀가 그의 말을 가로막고 — 가만! —
그녀가 큰 소리로 기도한다 — 강건한 목소리로 —
조용해지고 있다 — 완전히 조용해졌다! 흐느끼는 소
리만 들리는구나. 여자들이 우는구나 — 그녀의 옷을
벗기고 — 가만! 의자를 밀고 있어 — 그녀가 방석에
무릎을 꿇는다 — 머리를 올려놓는다 — (마지막 말을
하는 동안 불안이 점점 커진다. 잠시 말을 멈춘다. 갑자기 발
작적으로 경련을 일으키다가 이내 기절하여 쓰러진다. 그와 동
시에 아래쪽에서 사람들이 숨을 죽이는 소리가 들려오고 한참
지속된다.)

제 11 장

제 4 막의 두번째 방.

엘리자벳 (옆문에서 들어온다. 발걸음과 자세가 격렬한 동요를 보인다) 아직 아무도 안 왔는가 — 아무 소식도 없는가 — 저녁이 오지 않을 것인가! 태양이 하늘에서 운행하다 꽉 멈춰 서 버렸는가? — 더이상 이렇게 고문대에 누워 기다리지는 못하겠구나 — 일이 끝났나? 아직 끝나지 않았나? — 내겐 두 가지가 다 무섭다, 그래서 물어 볼 엄두가 안 나! 레스터 백작이 안 나타나네, 벌리도 안 오고. 형 집행을 위해 임명한 사람들인데! 그들이 런던을 떠났나 — 그랬다면 된 거야. 활시위가 당겨졌으니, 날아가고, 맞추고, 이미 맞췄겠지. 이젠 내 왕국이 된 거야. 그것을 더이상 되돌려 놓을 순 없어 — 저게 누구지?

제 12 장

엘리자벳, 시종.

엘리자벳 혼자 돌아왔는가? 경들은 어디 있는가?

시 종 레스터 백작과 재무상은 ―

엘리자벳 (극도로 긴장하여) 어디 있는가?

시 종 그분들은 런던에 있지 않습니다.

엘리자벳 뭐라고? 그렇다면 어디에 있단 말이냐?

시 종 그것을 아무도 제게 말해 주지 못했습니다. 날이
새기 전에 두 분은 서둘러 아무도 모르게 시내를 뜬
것 같습니다.

엘리자벳 (얼굴이 환해지며) 나는 잉글랜드의 여왕이니라!
(몹시 흥분하여 왔다갔다 하면서) 가서, 내게 불러와라!
― 아니 여기 있거라 ― 그녀는 죽었다! 이제야 난 드
디어 이 땅에서 자리잡은 게야. ― 왜 이렇게 떨리
지? 뭣 때문에 이렇게 불안스럽지? 그 무덤으로 내
공포가 덮였는데, 그리고 누가 감히 내 짓이라고 말하
겠는가! 죽은 여인을 애도하며 아낌없이 눈물을 흘려
줘야겠다! (시종에게) 아직 거기 있느냐? 비서 대비슨
을 즉시 대령시켜라. 슈르스베리 백작을 불러오게 하
라 ― 아, 저기 오는군! (시종이 물러난다)

제 13 장

엘리자벳, 슈르스베리 백작.

엘리자벳 어서 오시오, 경? 어찌 됐소? 경의 발걸음을 이렇
게 더디게 한 걸 보니, 결코 작은 일은 아닌가 보오.
슈르스베리 위대하신 여왕폐하, 불안한 마음에 사로잡혀,
폐하의 명성이 마음에 걸려, 제가 오늘 탑에 가 보지
않을 수 없었습니다. 마리아의 비서 컬과 나우가 갇혀
있는 곳이죠. 한번 더 증언의 진위를 확인해 보려고
요. 탑의 중위가 당황하면서 죄수들을 보여 주기를 거
부하더군요. 겁을 줘서 간신히 그 속에 들어가게 됐습
니다. — 하나님! 제가 무슨 꼴을 보게 된 줄 아십니
까! 난발에 광기서린 눈을 하고, 분노로 난도질을 당
한 듯이, 스코트인 컬이 침상에 누워 있었죠 — 그 불
행한 자가 날 알아 보자마자, 내 발에 엎어져 — 악을
쓰면서, 내 무릎을 필사적으로 움켜 쥐고서, 내 앞에
서 벌레처럼 꿈틀대며 애걸복걸했습니다. 자기 여왕
이 이렇게 됐는지 밝혀 달라고요. 그녀가 사형언도를
받았다는 소문이 탑의 틈새로 스며들어 간 거죠. 난
사실대로 그렇다고 말해 줬죠. 덧붙여 그자의 증언 때
문에 그녀가 죽게 된 거라고 했더니, 그자가 분격해서
뛰어가, 감방 동료를 덮치고, 땅바닥에 내동댕이치고
는, 무시무시한 광기로, 그자를 목졸라 죽이려 했습니

다. 광분한 두 손을 간신히 그 비참한 자에게서 떼어
놓았죠. 그러자 그자는 분노를 자기에게 돌려, 주먹을
불끈 쥐고 가슴을 죽어라 치며, 자신과 모든 동료들에
게 악마의 저주를 퍼부었습니다. 자기가 위증을 했노
라고 했습니다. 바빙톤에 보낸 그 재앙의 편지는 자기
가 진짜라고 맹세했지만, 거짓이라고 말했습니다. 여
왕의 말을 받아 쓸 때, 다른 말을 적은 거랍니다. 악
당 나우가 자기에게 사주했노라고 했습니다. 그 즉시
그자는 창으로 달려가, 미친 듯 거세게 문을 열어젖히
고, 골목 아래쪽으로 소리쳤습니다, 그 바람에 사람들
이 모여 들었죠, 자기는 마리아의 비서인데, 그녀를
거짓 고발한 악당이라고 소리쳤어요. 자기는 저주받
은 죄인이며 위증자라고요!

엘리자벳 당신도 그자가 제정신이 아니더라고 말하셨소.
미친 사람의 말은 아무 증거가 못 되오.

슈르스베리 하지만 미쳤다는 사실 자체가 더욱 많은 증거
가 됩니다! 오, 여왕폐하! 간절히 청하옵건대, 서두르
지 마시옵소서, 조사를 다시 하라고 명하시옵소서.

엘리자벳 그렇게 하리다 ― 백작께서 원하기 때문이오.
이 문제에 있어서 귀족들이 조급한 판결을 내렸다고
내가 믿기 때문은 아니오. 안심하시오, 조사를 다시
시작하게 하겠소. ― 다행이오, 아직 시간 여유가 있
으니! 왕의 명예에 추호도 의심의 그림자가 붙어 다
니게 하지는 않겠소.

제 14 장

대비슨이 들어온다.

엘리자벳 그 판결문 말이오, 그대의 손에 맡긴 것 —
  그게 지금 어디 있소, 경?

대비슨 (소스라치게 놀라며) 판결문이라고요?

엘리자벳 보관하라고 내가 어제 그대에게 주지 않았는가?

대비슨 제게 보관하라고 주셨다구요!

엘리자벳 군중들이 몰려와 서명을 강요해서, 그들 뜻대로
  할 수밖에 없었지. 강요에 못 이겨 그랬던 거지. 그래
  서 당신 손에 서류를 쥐어 준 거야. 시간을 벌려고. 내
  가 경에게 한 말 알고 있지 — 자, 그러면 이리 주오!

슈르스베리 그것을 도로 드리시게, 사정이 달라져서 조사
  를 다시 하게 됐어.

대비슨 새로 한다구요? —오, 하나님, 살려 주세요!

엘리자벳 왜 그렇게 주저하는가? 서류는 어디 있는가?

대비슨 (절망적으로) 난, 파멸이야. 난 죽은 목숨이야!

엘리자벳 (급히 끼어들며) 실마아니, 경이 —

대비슨 오, 난 죽었구나! 그건 제가 더이상 갖고 있지 않
  습니다.

엘리자벳 아니, 뭐라구?

슈르스베리 오, 하나님!

대비슨 벌리의 손에 있습니다 — 이미 어제부터요.

엘리자벳　불쌍한 인간 같으니! 그게 내 명에 따른 것인
　　가? 그것을 잘 보관하라고 엄명하지 않았던가?

대비슨　그렇게 명하지 않으셨습니다, 여왕폐하.

엘리자벳　날 거짓말쟁이로 몰 셈인가, 비천한 것! 내가
　　언제 벌리에게 서류를 주라고 명했단 말인가?

대비슨　정확히 분명한 말씀으로는 아니었지만 ─ 하지만 ─

엘리자벳　쓸모없는 인간 같으니! 감히 내 말에 토를 달
　　아? 피에 주린 자기 마음을 그 속에 끼어 넣어? ─
　　제멋대로 한 짓 때문에 불상사가 생기면, 그대는 좋지
　　못할 것이니라. 목숨으로 값을 치르게 하겠다. ─ 슈
　　르스베리 백작, 보셨죠? 내 이름이 얼마나 남용되고
　　있는지.

슈르스베리　알겠습니다, ─ 오, 하나님!

엘리자벳　이제 어떻게 하죠?

슈르스베리　만약 이 기사가 자기 책임 하에, 폐하도 모르
　　는 사이에, 주제넘은 짓을 한 거라면, 그렇다면 귀족
　　의 법정에 불러 세워야죠. 폐하의 이름을 대대로 혐오
　　의 제물이 되게 한 것이니까요.

제 15 장

벌리가 들어오고, 마지막으로 켄트 백작이 들어온다.

벌 리 (여왕 앞에 무릎을 꿇으며) 만수무강하옵소서, 저의 여
왕이시여! 또한 이 섬의 모든 적들이 슈트아르트 여
인처럼 종말을 맞기를! (슈르스베리가 얼굴을 가린다. 대
비슨이 절망에 차서 손을 비튼다)

엘리자벳 말해 보오, 경! 그대가 사형명령을 나로부터 받
았나요?

벌 리 아닙니다, 폐하! 대비슨에게서 받았습니다.

엘리자벳 대비슨이 내 이름으로 그것을 전하던가요?

벌 리 아닙니다! 그런 건 아니고 ―

엘리자벳 그런데 당신이 그것을 다급하게 집행했단 말이
오? 내 뜻부터 알아 보려 하지 않고서? 판결은 정당했
소. 세상은 우리를 탓할 수 없소. 하지만 당신에겐 우
리 가슴의 온유함을 앞질러 행동할 자격이 없었소 ―
따라서 당신을 내 앞에서 추방하겠소!16) (대비슨에게)
당신은 엄중한 심판을 받게 될 것이오. 월권죄에다, 성
스러운 사명을 남용한 죄요. 이자를 탑으로 끌고 가시
오.17) 이자를 사형에 처할 것이오. ― 나의 귀하신 탈

---

16) 벌리가 마리아의 처형 직후 잠시 여왕의 홀대를 받은 것은 역사적 사
실과 부합된다. 여왕은 그후 4개월 동안 그를 궁정에 부르지 않았는데,
벌리의 오랜 공직기간 중에 단 한번 있었던 일이다.
17) 실제로 대비슨은 런던탑으로 끌려가 1587년 3월 기소되었다. 판결은

봇! 당신만이 나의 올바른 고문임을 알았습니다. 앞으로 당신을 인도자로, 나의 친구로 삼겠습니다 —

슈르스베리 당신의 가장 충실한 친구들을 쫓아 내지 마십시오, 감옥에 처넣지 마십시오, 당신을 위해 행동했고, 이제는 당신을 위해 입을 다물고 있소. — 하지만 위대하신 여왕폐하, 허락해 주십시오. 제게 십이 년 동안 맡겨 두신 옥새를 당신 손에 되돌려 드리고자 합니다.

엘리자벳 (당혹해서) 안 돼요, 슈르스베리! 지금 나를 떠나려는 것은 아니지요? 지금은 —

슈르스베리 용서하소서, 저는 너무 늙었습니다. 그리고 이 똑바로 뻗은 손은 너무나 굳어, 폐하의 새로운 행적을 봉인하기 어렵습니다.

엘리자벳 내 목숨을 구해 놓고, 날 떠나겠다는 게요?

슈르스베리 전 별로 한 일이 없습니다. 당신의 보다 고귀한 부분을 구해 내지 못했죠. 행복하게 사시옵고 통치하옵소서! 적은 죽었습니다. 이제는 두려워하실 것도, 주의하실 일도 없으십니다. (퇴장한다)

엘리자벳 (들어오는 켄트 백작에게) 레스터 경을 들라 하시오!

켄 트 레스터 경은 양해를 청했습니다, 배를 타고 프랑스로 떠났습니다. (그녀는 감정을 억제하며, 조용히 마음을 가다듬고 서 있다. 막이 내린다)

1만 마르크의 벌금형이었다. 그를 파산케 할 정도의 엄청난 금액이었다. 그는 1589년 석방되어 여왕의 자비를 청원했으나 죽을 때까지 뜻을 이루지 못했다.

부 록

Ⅰ. 영국 왕실 계보

헨리7세 (튜더가문)
(1485-1509)
캐더린(아라곤)⁽¹⁾
헨리8세
(1509~1547)
앤 볼러원⁽²⁾
제인 시모어⁽³⁾
매리
찰스브랜든
(서포크의 공작)
필립
(스페인)
매리
(1553~1558)
에드워드 6 세
(1547~1553)
엘리자벳 I 세
(1558~1603)
헨리 그레이
프란시스
레이디 제인 그레이
(1554년 처형됨)
-튜더 가문-

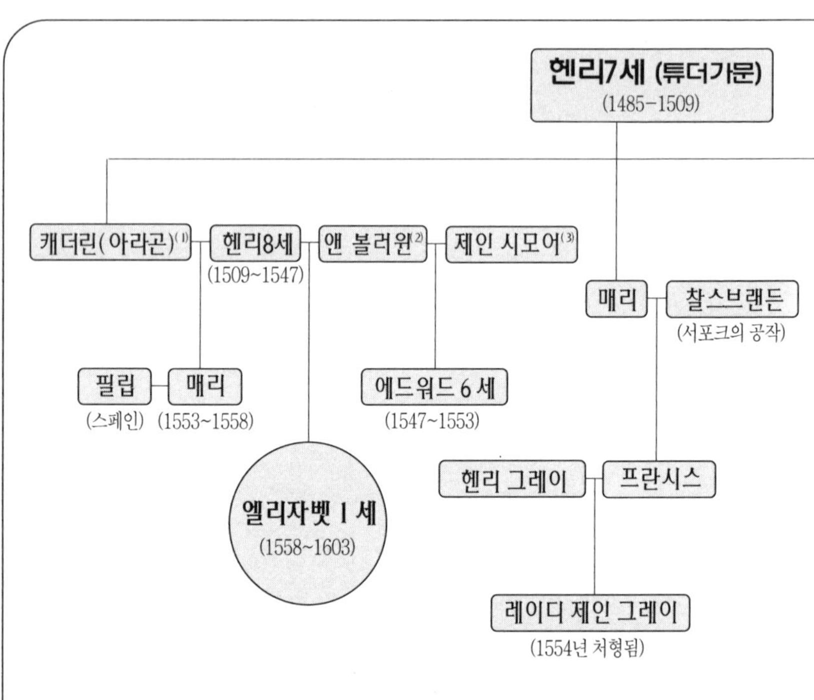

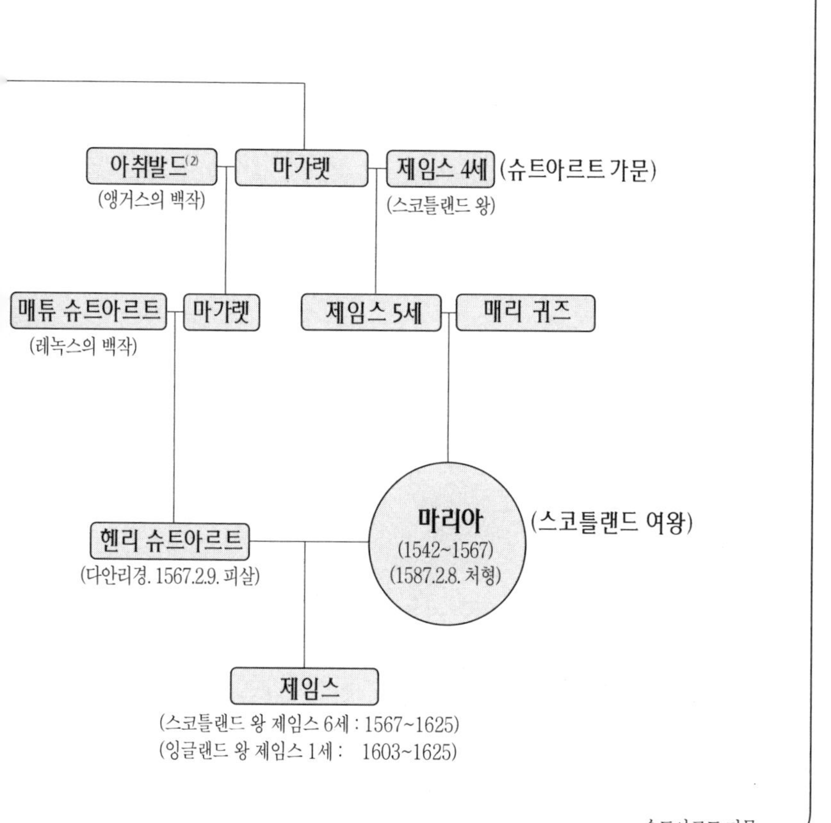
아취발드⁽²⁾
(앵거스의 백작)
마가렛
제임스 4세
(슈트아르트 가문)
(스코틀랜드 왕)
매튜 슈트아르트
(레녹스의 백작)
마가렛
제임스 5세
매리 귀즈
헨리 슈트아르트
(다안리경. 1567.2.9. 피살)
마리아
(1542~1567)
(1587.2.8. 처형)
(스코틀랜드 여왕)
제임스
(스코틀랜드 왕 제임스 6세 : 1567~1625)
(잉글랜드 왕 제임스 1세 :   1603~1625)
-슈트아르트 가문-

II. 역사적 배경

1. 16세기 잉글랜드의 상황

1553년 잉글랜드의 에드워드 6세가 재위 6년 만에 후손을 남기지 않은 채 죽는다. 비록 세번째 부인의 소생이지만 헨리 8세의 유일한 아들이었던 에드워드는 두 이복누이들과는 비교할 수 없는 커다란 총애를 부왕으로부터 받았었다. 더욱이 헨리 8세의 세번째 혼인은 개신교 의식으로 치러졌기 때문에, 이들의 소생인 에드워드는 개신교의 보루로서 그들 세력의 강력한 지지를 받았었다.

후사를 남기지 않은 에드워드의 죽음은 개신교 세력들에게 엄청난 공황을 가져온다. 왕위가 헨리 8세의 장녀 매리 튜더에게 계승되기 때문이다. 매리 튜더로 말하자면 헨리 왕과 첫번째 부인 캐더린(스페인 아라곤가의 왕녀) 사이의 소생으로 강력한 가톨릭 혈통인 것이다. 따라서 개신교 세력은 필사적인 투쟁을 통해, 헨리 왕의 종손녀이자 개신교도인 레이디 제인 그레이로 하여금 왕위를 계승케 한다. 그러나 그녀는 이름뿐인 여왕으로, 그녀의 세계는 구일천하로 끝나고 만다. 레이디 그레이는 투옥되고 결국 처형된다. 극심한 내전 중에 1553년 매리 튜더가 왕위를 계승하고 반동세력을 잔혹하게 숙청한다. 당시 미혼이던 매리 튜더는, 유럽의 가장 강력한 가톨릭 군주이자 개신교 세력의 숙적인 스페인 왕 필립 2세를 배우자로 선택한다. 잉글랜드 국민들은 매리를 국왕으로 용인하고, 잉글랜드를 다시 가톨릭 국가로 되돌려 놓으려는 그녀의 시도까지도 용납한다. 그러나 이방의 왕 필립의 통치는 거부한다. 필립을 여왕의 남편으로서는 받아들이되 잉글랜드 왕으로는 인정하지 않는다. 매리 여왕은 자신의 왕국에서 개신교도를 뿌리뽑고자 하는 과정에서 강력한 도전을 받는다. 이때 그녀가 행한 피비린내나는 잔학한 숙청행위 때문에 그녀는 '피의 매리(Bloody Mary)'라는 추악한 이름으로 역사에 길이 기록된다.

그러나 객관적인 비평가들은 오히려 그녀가 지닌 여성으로서의 통분을 이해하고 통치자로서의 헌신적 진지함을 이해하려는 편이다. 그녀는 젊은 여인으로서 이미 뼈에 사무친 굴욕을 겪었다. 부왕인 헨리 8세가 그녀의 모친과 이혼하는 바람에, 하루아침에 잉글랜드 공주의 신분을 박탈당했던 것이다. 그녀가 볼 때 그 이혼은 자체로서 엄청난 죄악이었다. 바로 이 이혼의 성립을 위해 헨리 8세가 잉글랜드에서 로마 가톨릭을 몰아내고 새로운 개신교 체제를 선포했기 때문이다. 결정적 치욕은 부왕이 앤 볼러윈이라는 하찮은 궁녀와 재혼을 한 사실이었다. 이 결혼에서 태어난 이복 여동생이 후일의 엘리자벳 여왕이다.

종교분쟁의 소용돌이 속에서 매리 튜더가 왕위를 계승했을 때 그녀의 길을 막을 자는 아무도 없었다. 가톨릭을 몰아내고 개신교를 불러 들인 장본인 헨리 8세는 무덤에 있고, 개신교도였던 에드워드 6세는 소생없이 죽었고, 앤 볼러윈은 간통죄로 피소되어 처형된 지 오래다. 헨리 왕이 거느렸던 다른 네 명의 개신교도 부인들도 다 죽고 없다. 잉글랜드를 다시 가톨릭의 나라로 되돌려 놓는 일은 매리의 사명이었고 신의 섭리와도 같았다. 문제는 이복 여동생 엘리자벳이었다. 매리 튜더는 엘리자벳을 런던탑에 유폐시킨다. 그곳의 죄수가 밖에 나오는 것은 오로지 처형받게 될 때 뿐이다. 그녀는 엘리자벳으로 하여금 강압적으로 가톨릭으로의 개종을 선언하게 한다.

하지만 이일저일이 얽히고설켜 매리의 소망은 좌절된다. 그녀의 광적인 신앙 때문에 추종자들의 열정이 시들고, 남편조차도 그녀를 혐오하기에 이른다. 최악의 불운은 그녀가 소생을 내놓지 못한 것이다. 재위기간 5년 만에 병을 얻게 된 그녀는 비로소 자신의 삶이 실패로 마감되리라는 것을 예감한다. 후계자가 될 엘리자벳이 곧 가톨릭으로부터 등을 돌리게 되리라는 것도. 그리고 그것은 사실이 되었다. 1558년 매리 튜더가 사망하자 엘리자벳은 그림자 같은 죽음의 안개 속에서 나와 왕위에 오른다. 그리고 지체없이 자신과 잉글랜드에 대해 개신교를 선포한 것이다.

이렇게 하여 1558년 튜더 가문의 엘리자벳은 25세의 나이로 갑자기 잉글랜드의 왕좌에 오른다. 1550년대 초만 해도 그녀의 왕위 계승은 전혀 불가능한 일이었다. 그녀는 처형과 암살의 고비를 넘기며 간신히 목숨을 유지해 오던 참이었다. 엘리자벳에게 있어 개신교 선포는 선택의 여지없는 지상명령이었다. 가톨릭 율법에 의하면 헨리 8세의 이혼은 인정되지 않는다. 이 상태에서 이루어진 앤 볼로윈과의 혼인은 성립이 되지 않는 것이다. 가톨릭법 앞에서 엘리자벳은 헨리 왕의 사생아에 불과하며 잉글랜드의 왕위 계승권을 갖지 못한다. 그러나 개신교법 앞에서는 상황이 역전된다. 더욱이 국민감정은 개신교를 강렬히 지향하고 있다. 엘리자벳의 개신교 선택은 필연적인 결정이었다.

그런데 바로 그 순간, 왕위계승이 있던 바로 그 해에, 그녀의 왕위가 종질녀인 마리아 슈트아르트(영어 명칭: 매리 슈트어드)로부터 공공연한 도전을 받은 것이다. 그러니 이 젊은 여왕의 심정이 어떠하였겠는가? 마리아 슈트아르트는 스코틀랜드 여왕으로서, 헨리 8세의 누이인 마가렛 튜더의 손녀이다. 그녀는 자신만이 오로지 잉글랜드 왕통의 적법한 계승자라고 여기고 있었다. 엘리자벳에게 소생이 없을 경우, 적어도 잉글랜드의 왕위계승에서 마리아가 엘리자벳의 바로 다음 서열에 있음을 부인할 자는 없었다. 자신만이 적법한 왕위 계승자임을 자처하는 마리아의 주장은 천신만고 끝에 막 왕위에 오른 엘리자벳의 가슴에 불을 지른 것이다.

2. 16세기 스코틀랜드의 상황

잉글랜드는 스코틀랜드를 자기네 세력 하에 두고자 호시탐탐 군사적 시도를 감행하고, 이에 스코틀랜드는 잉글랜드의 숙적인 프랑스와 동맹을 새롭게 다진다. 그 결과 스코틀랜드는 부분적으로 두 강대국의 지배를 받게 되는 일이 많아진다. 이같은 상황에서 귀족들은 이합집산하며 자신들의 이익을 도모하고, 왕권을 약화시킨다. 그런데다 16세기 내내 미성년자가 왕위를 계승함으로써 귀족들의 입김은 더욱 세진다. 마리아 슈트아르트의 조부 제임스 4세가 암살당했을 때, 왕위를 계승한 그의 아들 제임스 5세는 불과 생후 십팔 개월의 어린아이였다. 그가 삼십일 세로 죽었을 때, 그의 딸 마리아 슈트아르트는 생후 오 일째 된 젖먹이로서 왕위를 계승하였다(1542). 1567년 그녀가 강제 폐위되었을 때는, 그의 아들 제임스 6세가 한 살바기 아이로서 스코틀랜드의 왕이 되었다.

이 무렵 대륙의 종교개혁의 물결이 이곳에 밀려오고, 잉글랜드의 헨리 8세와 프랑스의 앙리 2세가 각각 개신교와 가톨릭 세력의 대변자로서 대립하게 된다. 마리아 슈트아르트는 잉글랜드와의 싸움에서 프랑스가 스코틀랜드를 지원해 준 것에 대한 감사의 표시로 1548년 프랑스로 보내지고, 그곳에서 교육을 받으며 성장하게 된다. 프랑스에서 마리아의 외가쪽 친척인 귀즈 가문의 사람들은 그녀에게, 개신교가 악마의 장난이라고 가르쳤고 개신교의 율법을 부인하였다. 그들의 가톨릭교회법에 의하면 잉글랜드의 엘리자벳은 사생아이고 왕위 찬탈자이다. 그리하여 마리아는 잉글랜드의 새 여왕을 인정하지 아니하였고, 잉글랜드의 왕위계승자는 자기라고 믿고 주장하였다. 이로써 마리아는 계속해서 엘리자벳에게 위협적 존재가 된다. 1558년 파리에서 거행된 마리아와 프랑스 왕자와의 호화찬란한 결혼식도 엘리자벳에게는 공공연한 도전이었다. 장엄한 결혼행렬에서 마리아는 스코틀랜드와 프랑스의 문장은 물론, 잉글랜드 왕실의 문장까지 내걸었다. 자기가 이 세 왕국의 여왕임을 의미하는 것이었다. 하지만 이는 주변사람들의 사주에 의한 것이었고, 단순한 성격의 마리아가 그것을 받아들인 것에 불과했다. 아뭏든 그것은 하나의 선전포고였으며, 이로써 엘리자벳과 마리아 — 두 여인 사이에 무려 삼십 년에 걸친 투쟁의 서막이 열린 것이다. 이 투쟁은 1587년 엘리자벳이 마리아를 처형함으로써 대단원의 막을 내린다.

3. 마리아 슈트아르트의 삶

마리아 슈트아르트에게 있어서 여러 왕들의 죽음은 매번 삶의 이정표가 되었다. 첫번째의 사건은 아버지인 스코틀랜드 왕 제임스 5세의 죽음이다. 그리하여 그녀는 젖먹이 아이로서 이미 여왕이 되었고, 어린 나이에 프랑스로 보내져 파리궁정의 우아하고 세련된 문화 속에서 성장한다. 1558년 지극히 사랑스런 십대 소녀가 되어 사촌오빠와 결혼하는데, 그는 프랑수아 2세로서 1559년 프랑스 왕위에 오른다. 그들의 애틋한 사랑은 당시 궁정의 일대 사건이었다. 이들 남녀의 행복한 미래를 의심하는 사람은 아무도 없었다.

하지만 이 무슨 운명의 장난인가? 마리아의 남편 프랑수아 2세가 즐기던 마상경기에서 부상을 당한다. 상대방 기사의 창이 그의 투구를 뚫고 눈과 머리를 관통한 것이다. 1560년 그가 죽자 마리아의 삶은 급전을 맞이한다. 그녀는 이제 프랑스 왕의 미망인에 불과한 존재가 된 것이다. 그리고 새로 등극한 샤를 9세의 형수로서 그녀는 이제 왕모인 캐더린 메디치에게 눌려 사는 처지가 된다. 캐더린 왕후는 아들들을 지배하고 있었다. 그것은 마리아에게 견디기 어려운 삶이었다. 이 무렵 마리아의 생모가 스코틀랜드에서 사망한다. 그리하여 그녀는 고향인 스코틀랜드 행을 결심하게 된다. 그곳은 파리에서 볼 때 멀고도 황량한 땅이었다. 귀향 자체부터가 끔찍한 일이었다.

같은 해인 1560년 스코틀랜드에서는 개신교가 공식적으로 국교로 선포되고 잉글랜드, 스코틀랜드, 프랑스의 대표들은 에든버러 조약의 초안을 작성한다. 엘리자벳을 잉글랜드의 군주로 인정하고 모든 외국의 군대를 스코틀랜드에서 철수시킨다는 내용이다. 여기에서 엘리자벳이 살아 있는 동안은 마리아가 잉글랜드 왕위에 대한 모든 권리를 포기해야 한다는 협약도 맺어진다. 마리아는 그 조항의 동의를 격렬하게 거부한다. 그런데 조약의 서명을 거부하는 가톨릭교도 마리아가 스코틀랜드로 돌아오게 되었으니 그것은 당연히 정치적 소요의 불씨가 될 수밖에 없었다.

마리아가 프랑스에서 스코틀랜드 행 항해를 준비하고 있을 때, 잉글랜드 함대는 마리아의 선박을 접하게 될 경우 그녀를 체포하겠노라고 선포한다. 마리아의 눈물과 수많은 시인들의 헌사 속에서 배의 닻이 오른다. 다행히 그녀의 배는 안전하게 스코틀랜드에 도착한다. 그녀의 나이 아직 스물도 되지 않은 때였다.

1561년 마리아는 스코틀랜드로 돌아온다. 스코틀랜드의 신하들은 그녀를 환대했다. 그녀의 젊음과 아름다움, 그녀의 매력이 그들을 사로잡았다. 물론 얼마 전 존 녹스가 도입한 장로교의 신봉자들은 가톨릭교도들만큼 그녀에게 열광적이지는 않았다. 처음에 그녀는 이복오빠인 개신교도 머레이 백작의 도움을 받아 상황을 잘 헤쳐 나갔다. 하지만 정치적으로 아둔한 그녀는 초반부터 중대한 실책을 범한다. 스코틀랜드 봉건귀족들을 프랑스 궁정의 방식으로 다루려고 했던 것이다. 머레이는 이내 친(親)잉글랜드 정책을 펴며 마리아와 대립한다.

마리아는 자신의 '자매님 dear sister'[1]인 잉글랜드의 엘리자벳을 회유하기 위해 여러 가지 일에서 그녀의 자문을 청한다. 자신의 재혼상대로 스페인 왕 필립 2세의 아들인 돈 카를로스를 염두에 두고, 엘리자벳의 조언을 구한다. 그러나 엘리자벳은 스페인과 스코틀랜드의 연합으로 야기될 수 있는 정치적 위협에 이마를 찌푸린다. 엘리자벳은 레스터의 백작 로벗 더들리를 대안으로 내놓는다. 그는 다름아닌 엘리자벳 자신의 연인이었으니, 그것이 도대체 무슨 꿍꿍이 속이었는지……. 이 제안이 마리아에게 받아 들여지지 않자 엘리자벳은 또 다른 카드로서 헨리 다안리를 내놓는다. 다안리는 두 여인 모두에게 친척이 되고 튜더 가문의 유일한 후손이다. 두 여인을 빼 놓고는 잉글랜드의 유일한 후계자가 되는 것이다.

그리하여 다안리가 에든버러로 온다. 마리아보다 네 살 아래인 그는 핸섬하지만 화를 잘 내고, 성미가 조급한 젊은이였다. 하지만 멋진 외모가 그의 성정을 일시적으로 은폐시켜 준다. 1565년 마리아는 놀랄 만큼 커다란 격정에 사로잡혀 이 열아홉 살의 청년과 즉시 결혼식을 올린다. 그러나 그녀의 결혼은 곧 파국을 맞는다. 다안리는 혐오스런 본성을 곧바로 드러낸다. 방탕

---

1) 왕실의 여자친척 간에는 '자매 sister'라는 칭호가 쓰였다.

한 주정뱅이인데다 성병 보유자인 다안리에게 불꽃처럼 달아올랐던 마리아의 사랑은 금방 식어 버린다. 다안리의 최대 관심은 자기가 스코틀랜드 왕이라는 사실을 과시하는 것이었다. 그는 아름다운 아내에 대해 시시콜콜 옹졸한 질투에 사로잡힌다. 마리아의 열정은 즉시 혐오감으로 변한다. 그러던 중 어느날 밤 다안리가 그녀의 방에 쳐들어와서 임신부인 그녀의 면전에서 그녀가 총애하는 비서 대빗 리죠를 찔러 죽인다. 다안리에 대한 그녀의 혐오감은 급기야 극단적 증오감으로 바뀐다. 3개월 후 1566년 마리아는 다안리의 아이를 낳는다. 후일의 잉글랜드의 왕 제임스 1세이다.

바로 이무렵 마리아의 운명을 결정하게 될 또 하나의 남성이 그녀의 삶 속에 뛰어든다. 제임스 헵번 — 그는 보드웰의 백작이자 왕실과 정계에서 막강한 힘을 가진 실력자이다. 그와 마리아의 무모한 열정이 오랫동안 비밀로 덮어질 수만은 없었다. 하지만 예전에 무턱대고 리죠를 의심했던 다안리는 똑같은 어리석음으로 이번에는 보드웰을 안중에도 두지 않는다. 보드웰은 다안리를 살해하고 마리아와 결혼하여 스코틀랜드의 왕위를 치지할 궁리에 여념이 없었다.

1567년 2월 9일 다안리는 글래스고 여행에서 돌아

온 뒤 마리아의 권유로 에든버러 궁 밖의 호젓한 주택에서 밤을 보낸다. 그날밤 그 집은 화염에 휩싸이고, 다음날 아침 목이 졸린 다안리의 시체가 정원에서 발견된다. 보드웰은 살인죄로 기소되어 법정에 서나, 마리아가 그의 무죄를 주장함으로써 방면된다. 그러나 석방되자마자 보드웰은 마리아를 납치하여 던바에 있는 자기의 성에 억류시킨다. 혹은 그녀의 동의 하에 이루어진 일로도 이야기되고도 있으나, 오늘날까지 해명되지 않은 사실이다. 보드웰은 자기 아내와의 이혼을 선언하고, 강압적인 방법으로 마리아와의 결혼을 선포한다 (1567.5.15). 다안리가 죽은 지 불과 삼 개월밖에 되지 않은 때였다. 마리아의 적들이 개인적이던, 종교적이던, 정치적이던간에 필사적으로 그녀를 파멸시키려고 안달하던 동안에, 그녀의 가장 충실한 친구라는 자가 한 행위가 이것이었다. 마리아가 스스로 이 살인사건에 적극적으로 개입했는지 혹은 소극적으로 관여했는지는 아직까지 역사적 미스테리로 남아 있다. 그녀가 유죄인지 무죄인지는 저 유명한 '편지함'이 그 증거인데, 그것이 진짜 그녀의 것이라면 그것은 다안리의 살해에 그녀가 전면적으로 개입했음을 입증하는 것이다. 그것은 마리아가 보드웰 백작에게 보냈다고 하는 충동적 연정이 담긴 열 장의 편지인데, 그 속에는 그녀가 다안리 암살의 공범임이 언급되어 있다고 한다. 이 편지들은 그녀가 잉글랜드로 도주한 직후 세상에 나타났었다. 그것이 진정 그녀의 편지라고 보는 견해는 현재 거의 없다. 수상쩍게도 그 원문이 금방 사라져 버렸기 때문이다.

보드웰과의 결혼으로 마리아는 남편인 다안리 왕을 살해한 공범이라는 강한 혐의를 받게 된다. 귀족들의 반란이 일어나고, 보드웰과 마리아 진영은 패한다. 보드웰은 국외로 도주하고 마리아는 로호레빈 성에 감금된다. 마리아의 어린 아들이 왕위에 오르고, 그녀의 이복오빠 머레이 백작이 어린 왕이 성장할 때까지 섭정을 위임받는다. 마리아는 변장을 하고 감옥을 빠져나와 왕위 회복을 잠시 시도하나 실패한다. 또다시 탈출하여 서해안으로 나가 몇몇 친구들과 함께 배에 오른다.

마리아에게 있어서 프랑스로 돌아다는 것은 피신이라기 보다는 차라리 굴욕이었다. 스페인은 먼데다 잉글랜드 해안을 돌아가야 하는 위험이 있다. 그녀는 인접한 잉글랜드의 항구에 정박하여 방문객으로 잠시 잉글랜드에 들러 가기로 결정한다. 그리하여 칼리스에서 닻을 내리고 자신의 도착을 선포하고, 잉글랜드 여왕에게 면담을 청한다.

엘리자벳은 개신교도인 머레이와 결탁하고 있었기 때

문에 이 가톨릭 왕녀가 스코틀랜드에서 다시 자리잡게
할 생각은 없었다. 그렇다고 그대로 보내 줄 수도 없었
다. 프랑스로 건너가 반(反)잉글랜드 정책을 도모하도
록 방치할 수 없어서였다. 그러나 잉글랜드에 머물게
하면, 가톨릭 세력들이 자기를 내몰고 그녀를 여왕으로
옹립하려 안달할 것이고. 엘리자벳에게는 시간이 필요
하였다.

이렇게 하여 마리아는 잉글랜드에 억류된다. 그리고
죄수로서 이 성에서 저 성으로 옮겨지며 십구 년이라는
역경의 세월을 보내게 된다. 엘리자벳은 마리아를 체포
할 권리가 자기에게 없고 법정에 세울 권리는 더더욱
없다는 것을 잘 알고 있었다. 자기가 오류를 범하고 있
음을 알기 때문에 마리아 앞에 나서지도 못한다. 상황
이 그같이 지속되자 어떤 조치를 취하기가 점점 더 어
려워진다.

1570년 로마교황은 엘리자벳에게 마리아의 방면을
촉구한다. 때마침 잉글랜드 북부에서 가톨릭교도의 무
장봉기가 발생한다. 이에 의회는 보다 엄격한 반가톨릭
법을 통과시키고, 잉글랜드 왕위 계승권에서 마리아를
영원히 배제시키고 만다. 투옥된 마리아를 석방시키기
위해 잉글랜드에서 여러 차례의 기도가 있었으나 모두

실패로 돌아간다. 1572년에는 노포크의 공작이 이같은 반역죄로 처형되고 로스의 주교가 공모자로 추방된다. 같은 해 파리에서는 '바톨로메우스의 밤'의 사건이 있게 된다. 프랑스의 개신교 귀족 대부분이 학살된 이 사건으로 마리아의 입지는 더욱 불리해진다. 모반자들이 목표의 하나로 계속 시도했던 엘리자벳 암살의 기도가 거듭 누설된다. 1584년 스페인 대사 멘도사가 제임스 스롤모튼의 공모에 연루되고, 1585년 패리 박사의 시도가 실패로 끝난다. 이에 잉글랜드 의회는 죄수로 갇혀 있는 마리아를 그 후 발생하는 모든 모반의 책임자로 규정하는 법안을 통과시킨다. 명백히 마리아를 타겟으로 한 이 법령에 의해 결국 그녀는 처형된다. 바빙턴과 새비지가 거듭 모반을 시도했다가 목숨을 잃는다. 의회는 법령을 시행하기 위해 무려 사십이 명의 재판관을 마리아의 마지막 감옥인 포더링헤이 성에 파견하고, 마리아는 잉글랜드 왕의 목숨을 노린 대역모반죄로 법정에 세워진다. 그녀는 처음에 법정에서 대답을 거부하다가 이내 마음을 바꿔 위엄있게 기소내용에 대해 항변한다. 하지만 재판정은 그녀에게 유죄를 선언하고 사형을 언도한다. 외교적인 이유에서 엘리자벳은 형의 집행명령을 내리는 것을 주저하나, 마침내 사형집행영장에 서명하고 그것을 비서 대비슨에게 넘긴다. 하지만 대비슨이 그것을 어떻게 처리해야 할지 모르게 모호한 지시를 내린다. 엘리자벳의 망설임이 길어지는 것을 두려워 한 대신들은 황급히 영장을 집행하게 한다. 1587년 2월 8일 마리아 슈트아르트는 포더링헤이 성에서 효수된다.

엘리자벳의 숙명이 긴 세월 군주의 빛바랜 책무였다면, 마리아의 몫은 파란만장하되 찬란한 삶이었다. 엘리자벳은 사반세기를 국가의 충복으로 헌신하였다. 잉글랜드는 그녀에 의해 빛 가운데 떠오르지만, 개인으로서 그녀의 삶은 차마 부지하기조차도 어려운 것이었다. 반면 마리아 슈트아르트의 일생은 자유인의 그것이었다. 그녀는 모든 낭만의 주인이었다. 그녀를 비판하는 사람일지라도, 찬란하고 비극적인 그녀의 삶에 대해 엄청난 감동을 부인하지는 못할 것이다.

III. 작품 ≪마리아 슈트아르트≫

1

마리아 슈트아르트는 그녀의 죽음과 거의 동시에, 그리고 오늘날까지 유럽의 수많은 작가들의 작품 소재가 되어 왔다. 일단의 작가들은 그녀를 가톨릭의 순교자로 그렸고, 일단의 작가들은 그녀를 아름답고 매혹적인 요부로 그렸다. 작가이자 역사학자였던 실러는 1783년 봄, 이 역사적 사건의 연구에 몰두하였다. 그러나 공직과 가정사, 그리고 병고 때문에 여러 차례 집필을 중단했다가 1799년 6월, 5막의 희곡으로 작품을 완성하였다. 작품은 1800년 6월 14일 바이마르에서 초연되어 관객들에게 엄청난 감동을 불러일으켰고, 1801년 코타에서 출판되었다. 프랑스의 작가 마담 스타엘은 이 작품을 두고 '극적 구성이 뛰어난 가장 감동저인 희곡'이라고 평가하였다.

실러의 작품은, 포더링헤이 성의 감옥에 갇혀 있는 마리아 슈트아르트에게 이미 사형언도가 내려진 시점에서 시작되고 있다. 그리하여 이틀 후 사형이 집행되기까

지의 사건과 인물들의 심리적 갈등이 긴박한 극적 구성
속에서 전개되고 있다. 엘리자벳은 자신의 대외적 명성
때문에 사형집행장에 정식 서명을 주저한다. 그대신 모
티머를 이용하여 마리아를 암살하려고 한다. 그러나 모
티머는 마리아의 삼촌인 로렌의 추기경이 보낸 밀사로
서 그녀의 열렬한 숭배자이고, 그녀를 구출하기 위해 잠
입한 것이었다. 한편 엘리자벳의 총애를 받으며 마리아
의 처형을 주장했던 레스터 백작은 이제는 엘리자벳과
의 결혼을 포기하고, 은밀히 마리아와 내통하고 있다.
엘리자벳이 마리아를 만나 보고 그녀에게 사면을 내리
게 하기 위해, 백작은 두 여왕의 회동을 성사시킨다. 마
리아는 몸을 숙이고 엘리자벳에게 자신의 목숨을 간청
한다. 그러나 엘리자벳의 모욕에 그녀의 자존심이 폭발
하고 만다. 마리아가 엘리자벳을 사생아라고 공박함으
로써 그녀의 치명적 약점을 건드리고, 이로써 두 여인의
관계는 파국으로 끝나고 만다. 때마침 엘리자벳의 암살
미수사건이 발생하고, 런던시민의 소요가 일어난다. 엘
리자벳은 이것을 핑계삼아 못이기는 척하고 마리아의
사형집행장에 서명한다. 그러나 사형집행의 시점을 언
급하지 않고 비서에게 모호한 명령을 내린다. 레스터 백
작은 자신의 죄가 드러나게 되자 이를 은폐하기 위해 모
티머를 희생시키고, 적극적으로 마리아의 처형을 주장
한다. 마리아의 처형과 동시에, 그녀에게 유죄판결을 내

리게 한 증언이 위증임이 밝혀진다. 엘리자벳은 마리아가 이미 처형됐을 거라고 내심 믿으면서, 겉으로 자신의 공정함을 과시하기 위해 마리아의 죄를 다시 수사하라고 명한다. 비서가 사형장을 이미 교부한 것을 확인하고, 모든 죄를 비서에게 뒤집어 씌운다. 한편 마리아의 처형에 배석했던 레스터는 심한 내면의 회의를 느끼고 엘리자벳의 곁을 떠난다. 또한 엘리자벳의 충실한 신하 탈봇도 그녀의 간교함에 실망하여, 옥새를 반납하고 그녀 곁을 떠난다. 엘리자벳은 마리아를 처형함으로써 외적으로는 승자가 됐지만, 모든 사람이 그녀를 떠났고, 그녀의 마음은 공허하기만 하다. 마리아는 엘리자벳과의 싸움에서 패자가 된 듯하지만, 사실상 그 순간부터 그녀는 마음의 평화를 찾고 영혼의 승자가 된다.

2. 등장인물

― 엘리자벳 Elisabeth(1533.9.7.~1603)/ 마리아 슈트아르트 Maria Stuart(1542.12.8.~1587.2.8.)

작중의 사건이 있었던 역사적 시점은 1587년 2월로서 엘리자벳은 53세, 마리아는 44세였다. 그러나 실러의 작품에서 두 여인은 이십대 후반의 젊은 여인으로

설정되어 있다. 작가가 베를린의 극장감독 이프란트
August Wilhelm Iffland(1759~1814)에게 보내
는 서신은 다음과 같이 기록하고 있다. "중요한 것은
엘리자벳이 이 작품에서는 아직 젊은 여인이라는 사실
이다 〔…〕 작중인물로서 마리아는 대략 25세, 엘리자
벳은 기껏해야 30세이다." 대부분의 역사기록에서는
슈트아르트 가문은 실러의 표기와 같이 'Stuart'로 표
기되어 있다. 마리아 자신도 스코틀랜드식 표기인 'Ste
wart'보다 프랑스식 표기를 더 선호하였다고 알려져
있다.

   ― 로벗 더들리 Robert Dudley(1531?~88):레
스터의 백작. 여러해 동안 엘리자벳의 총애를 받았던 신
하로 한때는 그녀가 결혼까지 생각한 적이 있다. 1564
년 엘리자벳은 그를 마리아의 재혼대상으로 추천했으나
마리아는 이를 거절하고 다안리와 결혼하였다. 실러의
작품 속에서의 그는 야심많고 비열한 기회주의자로서,
엘리자벳 여왕과의 결혼을 꿈꾼다. 그러나 여왕이 프랑
스 왕자의 청혼을 받아들일 듯하자, 이번에는 마리아를
구출해 내고 그 보상으로 마리아와 결혼할 계획을 세운
다. 그러나 마리아 구출의 계획이 사전에 탄로나고 자기
위치가 위태로워지자, 또다시 마리아의 처형을 적극 주
장함으로써 위험을 재빨리 모면한다.

— 죠지 탈봇 George Talbot(1528?~90):1569
~84년 마리아의 감호인으로 직무를 수행하였다. 그의
아내는 그가 마리아와 내연의 관계가 있다고 고발하였
고, 마리아는 분격하며 이를 부인하였다. 작품 속에서
그는 엘리자벳의 충실한 신하이면서도 동시에 마리아에
게 연민을 갖고서, 그녀의 사면을 엘리자벳에게 간청하
는 성실한 인물로 그려지고 있다.

— 윌리암 세실 Wilhelm Cecil (1520~98): 엘
리자벳 여왕 시대에 충성스럽고도 노회한 정치가로 출
세가도를 달리며 영국의 정치를 주름잡았다. 작품 속에
서 그는 수단과 방법을 가리지 않고 마리아를 제거하려
는 모사꾼이다.

— 아미아스 폴렛 Amias Paulet (1536?~88):
잉글랜드의 정치가. 프랑스 대사로 있다가 1585년부터
마리아의 감호를 맡았다. 엄격한 개신교도였다. 작중인
물로서의 폴렛은 세실처럼 마리아에 대해 적대적이나,
불의와는 타협하지 않는 정의감있는 인물이다. 엘리자
벳 여왕과 세실이 마리아를 불법적으로 암살하려고 계
획하지만 폴렛은 그들의 제안을 단호히 거부한다.

— 모티머 Mortimer: 오켈리와 더불어 작품을 위해

서 작가가 창조한 허구적 인물. 그의 작중 연령에 대해
작가는 '21~22세 미만'이라고 기록하고 있다(이플란
트에게 보내는 서신에서).

— 한나 케네디 Hanna Kennedy: 마리아의 충직
한 하녀로서 죽을 때까지 그녀를 보필하였다. 작중에서
마리아의 유모로 등장하게 되는 것은 작가의 단순한 창
안이다.

IV. 역자 후기

번역의 텍스트로는 Friedrich Schiller ： Maria Stuart. Ein Trauerspiel(München：Carl Hanser Verlag 1981)을 사용하였고, 각주와 해설을 위해서는 Erläuterungen und Dokumente： Friedrich Schiller. Maria Stuart(Stuttgart：Reclam 1978)을 많이 참고하였다.

번역문에서 영국의 인명과 지명은 영어식 발음에 따라 표기하고 프랑스의 인명과 지명은 프랑스식 발음대로 표기하는 것을 원칙으로 했다. 다만 주인공이자 작품의 제목인 마리아 슈트아르트만은 원작대로 독일어 발음의 표기를 따랐다.

옮긴이 약력

고려대학교 독문과 졸업
고려대학교 대학원에서 독문학 전공 (문학석사, 문학박사학위 취득)
한국 외국어대학교 통역대학원에서 영어 전공 (문학석사학위 취득)
독일 뮌헨대학 수학

고려대학교, 외국어대학교 강사
현재 목원대학교 독문과 교수

논문: 〈독일과 독일인의 상〉, 〈타키투스의 '게르마니아' 연구〉 등등.
역서: ≪단톤의 죽음≫ (뷔히너 작), ≪직조공≫ (하우프트만 작),
≪해리모피≫ (하우프트만 작), ≪한넬레의 죽음≫ (하우프트만 작).

마리아 슈트아르트 〈서문문고 304〉

초판 발행 / 1998년 9월 15일
재판 발행 / 2017년 7월 31일
옮긴이 / 손 은 주
펴낸이 / 최 석 로
펴낸곳 / 서 문 당
주소 / 경기도 일산 서구 가좌동 630
전화 / 031-923-8258 팩스 / 031-923-8259
창업일자 / 1968.12.24
창업등록 / 1968.12.26 No.가2367
등록번호 / 제406-313-2001-000005호
ISBN 978-89-7243-504-4

* 잘못된 책은 바꾸어 드립니다